Wieninger : Der Engel der letzten Stunde

Manfred Wieninger

DER ENGEL DER LETZTEN STUNDE

Kriminalroman

Haymon

Umschlag: Benno Peter

Bibliografische Information
Die Deutsche Bibliothek verzeichnet diese Publikation in der Deutschen Nationalbibliografie; detaillierte bibliografische Daten sind im Internet über http://dnb.ddb.de abrufbar.

ISBN 3-85218-489-4

www.haymonverlag.at

Satz: Haymon-Verlag
Gesamtherstellung: Druckerei Theiss GmbH, A-9431 St. Stefan

1

Der Himmel über Harland war gelbbraun wie ein verschmutzter Teppich und es roch nach einem ekelkalten Nieselregen, der da vielleicht kommen würde. Oder auch das Jüngste Gericht in Form einer brennenden Schwefel- und Styrolwolke aus der hiesigen Chemiefaserfabrik. Wie immer bei einem bevorstehenden Wetterwechsel ratterte der Auspuff meines Ford Granada wie ein Asthmatiker bei einem Marathonlauf. Außerdem waren die Zahnräder des dritten Ganges vor kurzem endgültig weggebrochen und ich war daher permanent entweder zu schnell oder zu langsam unterwegs, aber ich traf im ganzen Westbezirk auf keine Polizeistreife, die mich wegen irgendetwas aufgehalten hätte. Die Stadt konnte sich nach Westen zu nicht entschließen irgendwo aufzuhören. Nach den letzten kleinbürgerlichen Wohnblocks und Genossenschaftsreihenhausanlagen, nach den letzten Tankstellen, Beiseln und Minimärkten an der Ausfallstraße kamen zuerst Einfamilienhäuser mit einer Garage, bald welche mit zwei sowie mit Swimmingpool und Wintergarten, und dann wurde es erst richtig teuer. Kleinere und größere Villen, deren Garagen so groß wie die ersten Einfamilienhäuser waren, drängten sich in ein hügelig werdendes Waldpanorama wie in eine liebevoll gebastelte Spielzeugeisenbahn-Landschaft aus dem Märklin-Katalog. Hierher kam wegen des fast permanent herrschenden leichten Westwindes über Harland der gelbe, zähe, faulende Brodem aus Schwefelwasserstoff, Schwefeldioxid und weiteren Ingredienzen eines teuflischen Atems aus den Schloten so gut wie nie. Hier hustete niemand seine Bronchien heraus, nur weil ein paar Gesellschaften ihren Shareholdervalue erhöhten, hier erstickte niemand beim Frühstück in seinen eigenen vier Wänden.

Das Haus am Ende der unscheinbaren Stichstraße lag lang dahingestreckt auf einem Hügel, auf dem man das Kolosseum noch einmal hätte erbauen können. Es hatte einen Westflügel und einen Ostflügel und der Trakt in der Mitte war auch ganz schön imposant. Nicht die Art von Haus, in die ich normalerweise vorgelassen werde. Um das Portal eines solchen Anwesens zu überwinden, musste man wahrscheinlich eine passende Magnetkarte besitzen, eine Stimmprobe abgeben und zusätzlich die Abdrücke von ein paar Fingern einscannen lassen. Ich nahm mir fest vor, bei Kommerzialrat Schieder auch noch die Abgabe von Urinproben vorzuschlagen.

Ich hatte prähistorische, holländische Glashaus-Oliven gefrühstückt, einen Rest bulgarischen Knäckebrotes aus dem Sonderangebot und schlechte Laune, denn ich hatte während der angeblich wichtigsten Mahlzeit des Tages meine Kontoauszüge studiert. Mangels Aufträgen zahlungskräftiger Kunden hätte ich meinen Gewerbeschein als Privatdetektiv eigentlich längst zurücklegen und mir als Ex-Polizist einen entsprechenden Job suchen müssen. Akkord-Kloputzer bei McDonald's zum Beispiel. Ich hatte nämlich nichts anderes gelernt, als an schmutziger Wäsche zu schnüffeln. Aber bis zur Neuauflage des Harlander Telefonbuches stand meine Handynummer noch immer unter einem gekreuzten Handschellenpaar und dem Pinkerton'schen Auge im Branchenverzeichnis. All das würde ich dem Hausherrn gegenüber natürlich nicht erwähnen. Mit keiner Silbe.

Wenn man in der Lage wäre, sich den Erzherzog-Johann-Jodler als Gebäude vorzustellen, hätte man einen ungefähren Eindruck von der Villa auf dem Hügel, auf den ich langsam zufuhr. Ein Fundament aus unbehauenen Kalksteinen, viel tiefgrün lackiertes Holz, Hirschgeweihe an den Fassaden, kleine Bauernkatenfenster, aber große Türen, geradezu Tore. Vermanscht war das Ganze überraschenderweise aber auch mit Elementen einer mittelalterlichen Raubritterburg, es gab Türme und Türmchen, Erker und Erkerchen, ja sogar Zinnen und mehr Wetterhähne als in einem kleineren Hühnerzuchtbetrieb. Irgendwo auf den Dächern mochte die Loreley hocken. Den Hügel hinab zog sich eine Wiese mit vereinzelten kalifornischen Silberfichten und japanischen Quitten. Graceland war ein Stück stilsicherer Architektur dagegen.

Ich warf noch einmal einen Blick auf den Zettel mit der Adresse, aber – kein Zweifel – dieser Alptraum einer ganzen Architektengeneration war tatsächlich „Am Spiegelgrund 11".

So groß das Anwesen auch war, so mickrig war die Tafel an der Zufahrtsstraße, die ich fast umgefahren hätte. Dafür war die Aufschrift umso bemerkenswerter:

Achtung, Fangeisen!
KR Rudolf Schieder e.h.

Wenn ich im hohen Alter allein in einem solchen Kasten hausen müsste, würde ich auch welche auslegen, und noch ein paar Schützenminen dazu.

2

Ich drückte den Messingknopf tief in das Gehäuse. Als Reaktion darauf geschah – nichts. Ich zählte in Gedanken bis zwanzig und drückte noch einmal. Wiederum geschah nichts, außer, dass sich das Objektiv einer Videokamera über der Tür surrend auf mich einstellte. Dann ertönte ein Summen, das bei einigermaßen kühner Interpretation wie ein Fragezeichen klang.

„Marek Miert. Aber ich bin mit einer getüpfelten Krawatte gekommen. – Geht das?“, sprach ich in die Kamera hinein und schenkte ihnen mein bestes Lächeln Marke Tom Cruise nach vier Wodka on the rocks.

„Haben Sie einen Ausweis?“

Eine männliche Stimme aus einem kleinen Lautsprecher oberhalb der Kamera. Eine Stimme wie gespaltenes Glas, unangenehm, scharf.

„Sie können die Narben auf meiner Brust sehen. Nur auf der Brust, keine am Rücken.“

„Wir dachten eher an einen Lichtbildausweis.“

„Verdrücken Sie ihn mir bloß nicht beim Fotokopieren!“, antwortete ich und zückte meinen Führerschein.

„Schieben Sie ihn unter der Tür durch!"

„Eine Tür mit einem solchen Spielraum kann man leicht aus den Angeln heben. Mit einem mittleren Brecheisen zum Beispiel." Im Übrigen tat ich, wie mir geheißen, und schob das Dokument unten durch.

„Versuchen Sie's mal! Wem sollen wir danach Ihre Leichenteile übergeben?"

„I wo, war nur ein kleiner Sicherheitshinweis. Völlig gratis und unverbindlich natürlich!"

Danach war dieser reizende Dialog für gute fünf Minuten stillgelegt, bis sich die unangenehme Stimme wieder meldete: „Herr Kommerzialrat Schieder wird Sie empfangen."

Sogleich sprang die Tür mit surrenden Federn auf.

Hinter der Tür stand ein Männchen im taubengrauen, adretten Anzug mit spitz nach oben zulaufenden Ohren wie dünnes Pergament, mit langen, fetten, schwarzgrauen Haarresten, die an den seitlichen Schädelrändern in die Glatze hochgekämmt waren, und mit blassblauen, spaltförmigen Augen. Ein flaches Gesicht mit Sommersprossen, die aber in dieser physiognomischen Umgebung nicht lustig aussahen. Eine Nase wie ein ungeschliffenes Messer. Ein gefühlloser Mund. Das, was man früher als energisches Kinn bezeichnet hätte.

„Folgen Sie mir!", befahl das Männchen – überraschenderweise mit der entschiedenen Stimme des Lautsprechers unterhalb der Überwachungskamera. „Viele halten mich für die rechte Hand des Herrn Kommerzialrates, dabei bin ich nur sein linker kleiner Finger."

Ein sehr kleiner kleiner Finger, dachte ich und wunderte mich, dass einem solchen Männchen offenbar die Hüterrolle in diesem Anwesen anvertraut war. Aber vielleicht hockten ja noch ein paar massige Miet-Bodyguards in irgendwelchen Hinterzimmern des Komplexes herum.

„Schön für Sie."

„Wofür halten Sie sich?"

„Für eine Schaufel, mit der er vielleicht ein wenig Dreck wegräumt."

Schon der Vorraum der Villa, für den wohl nur die Bezeichnung Vestibül angemessen war, besaß fast die Größe eines Tennisplatzes. Es gab eine Menge Eichenvertäfelung darin, vielleicht ein Dutzend Decken- und Wandleuchten aus Messing, Hirschköpfe und Steinbock-Geweihe auf gebeizten Zirbenholz-Platten an den Wänden, große Bodenvasen im Gmundner Stil mit trockenem Heidekraut und eine Kleiderablage aus gekappten Skispitzen, die aus der Mauer ragten. So weit, so originell. Und es gab viel zum Abstauben, aber es sah nicht danach aus, als ob in letzter Zeit in dieser Hinsicht viel geschehen wäre. Es roch ein wenig nach Naphthalin wie in der Sommerresidenz eines Erzbischofs, der schon seit Wochen in St. Moritz dem Skilauf oder in Moskau dem interkonfessionellen Dialog frönte.

Die Haupthalle war in etwa eine Mischung aus der Fernseh-Dekoration des „Musikantenstadls" und der Kitzbühler „Tenne". Die reichlich verwendeten Holzschindeln und -balken sahen wie Plastik aus. An den

Butzenscheiben-Fensterchen hingen rotweißrot karierte, hübsch drapierte Vorhänge, überall waren Edelweiß-Buschen und tanzende Trachtenpärchen aufgemalt. Ebenso bemalte Bauernschränke und -truhen allenthalben, in denen man die Mitgift eines ganzen Dorfes aufbewahren hätte können. Jetzt fehlte nur noch, dass aus einer der zahlreichen Türen, die allesamt Gucklöcher in Herzerlform hatten, Hansi Hinterseer träte und eines seiner Lieder schmetterte.

Das kam halt dabei heraus, wenn sich ein Harlander mitten in Harland ein barockes Jagdschloss errichtete, dreihundert Jahre nach dem Verlöschen des barocken Stilgefühls in dieser Gegend. All diese nicht tragenden Balken und Pfosten, die nachträglich völlig unnötigerweise eingezogene Tramdecke und die anderen dekorativen Schaukonstruktionen sahen nach der Jahresarbeit eines gut bezahlten Innenarchitekten aus, aber nicht danach, dass dieser repräsentative Raum jemals bewohnt worden wäre. Er war reine Staffage, bestenfalls geeignet als Bühne für Partys und Empfänge, mit denen man garantiert in die Klatschspalten kam. Diese spektakuläre Empfangshalle war tot. Die Erben würden den ganzen Krempel wegreißen lassen.

„Sie dürfen nicht rauchen, nicht husten, ihn nicht aufregen. Bitte auch keine heftigen Bewegungen, und seien Sie leise. Sie haben fünf Minuten", sagte das Männchen, das sich zu mir umgedreht hatte und mir inmitten dieser pompösen „Sound of Music"-Dekoration eine weitere Lektion erteilen wollte. Mittelschwer ausgeprägter Napoleon-Komplex, vermutete ich mal, die kleinen Beißer hatten in der Regel die kräftigsten Kiefer.

„Darf ich wenigstens atmen? Warum haben Sie mich überhaupt kommen lassen, wenn ihn schon meine bloße Gegenwart umbringen könnte?“, konnte ich mir nicht verkneifen zu entgegnen. Die tatsächliche Wirksamkeit von so etwas wie beredtem Schweigen während des Kampfes ums Dasein ist umstritten. Ich rede lieber.

„Ich habe Sie nicht kommen lassen!“

„Damit ist das ja immerhin klar.“

Mein kleiner Führer fand das offenbar auch, öffnete eine der rustikalen Türen und winkte mich durch. Ich trat ein und stand in einem Krankenzimmer, ja in einem Krankensaal. Eine ganze Krankenstation mit nur zwei Betten darin. Auf dem einen saß eine voll adjustierte Krankenschwester, las eine Illustrierte und aß Pralinen aus einer großen Schachtel. Auf dem anderen lag ein langer, offenbar magerer Körper unter einem ganzen Konvolut von Decken. Nur der Kopf mit stahlgussgrauen, in dünnen Bündeln wirr zusammengeklebten, nackenkurzen Haaren, weiß grundierter, sonst aber skrofulöser, rot gefleckter Gesichtshaut, mit einem vom Schmerz zerfaserten Mund und ausgezehrten blauen Augen ragte daraus hervor. Über, hinter und neben dieser Matratzengruft thronten eine Herz-Lungen-Maschine, ein EKG-Apparat, ein EEG-Bildschirm, ein Defibrillator und eine ganze Menge weiterer medizinischer Geräte und Apparaturen, die ich nicht einmal dem Namen nach kannte. Für meine Begriffe hätte dies auch das Labor eines Kernforschungsinstituts sein können, so viele Kabel, Monitore und Schaltkästen gab es da.

„Das Einzige, was selbst in Österreich nicht umgangen werden kann, ist der Tod“, sagte der Kopf von Kommerzialrat Schieder, ohne sich in seiner Bettgruft zu bewegen, „aber ich bemühe mich. Ich habe sogar den Boden verstärken lassen, damit er all das, diese kleine Intensivstation trägt.“

Die Stimme aus diesem ausgemergelten Körper war eine Überraschung, ein wohlklingender Bariton voller Konzentration.

„Ich lebe mit einer Frau in meinem Schlafzimmer und es ist nicht meine Frau“, die Stimme hatte auch Humor, „überdies wird sie alle acht Stunden durch eine andere ersetzt.“

Die Krankenschwester blickte nicht einmal auf, stopfte weiter Pralinen in sich hinein und fuhr fort, über Leben, Lieben und Leiden diverser Angehöriger europäischer Königshäuser, megalomanischer Fernsehmoderatoren und koksender, bulimischer Models zu lesen.

„Treten Sie näher, Miert! Meine Netzhaut neigt leider zu Blutungen. Welche Anzuggröße haben Sie?“

„Bagger.“

„?“ Die Stimme konnte zum Fragezeichen werden, indem sie sich einfach zurückzog in ihren erschöpften Kopf.

„Ich meine, wenn ein Bagger einen Anzug bräuchte, könnte er einen von meinen nehmen.“

„Ich dagegen bin 92 Jahre alt und seit fünf Jahren so

gut wie tot, aber wir haben natürlich das gute alte Nitroglycerin hier, auch Heparin und das famose Ipratropiumbromid. Nicht zu vergessen Magnesiumsulfat und das himmlische Metamizol, die Nirwana-Ampulle. Selbstverständlich ist auch Methylprednisolon vorrätig und Midazolan und Morphin, dieses Geschenk Gottes. Besonders liebe ich aber neben meinen Krankenschwestern auch Midazolam und Urapidil sowie Verapamil. Wie wichtig sind doch auch Kleinigkeiten wie eine starre Unterlage für die Herzdruckmassage, das PEEP-Ventil für den Beatmungsbeutel oder ein Endotrachealtubus."

Die fünf Minuten, die mir der Majordomus zugestanden hatte, waren mittlerweile vergangen und Kommerzialrat Schieder war noch immer nicht fertig, geschweige denn tot.

„Aber nicht nur das alles, hinter dem Haus steht auch ein voll ausgerüsteter Notarztwagen, besetzt jeweils mit einem Sanitäter und einem jungen Mediziner, die ich ebenso gut bezahle wie meine übrigen medizinischen Angestellten."

Ich fragte mich inzwischen, ob mich Kommerzialrat Schieder nur deswegen kommen hatte lassen, um sich seine intensivmedizinischen Vorkehrungen bewundern zu lassen.

„Wenn einer dem Tod noch von der Schaufel hüpfen kann, dann sind Sie das", sagte ich, um halt auch einmal etwas zu sagen.

„Unterbrechen Sie mich nicht! Reden ist schließlich das einzige Vergnügen, das mir geblieben ist."

Irgendwie hatte er Recht. Achtzig, neunzig Millionen Euro, darauf wurde Schieders Vermögen geschätzt, unterbrach man nicht so einfach. Egal wobei.

„Ich habe mit zwei Wracks begonnen, Miert, einem Opel Blitz und einem Skoda, aus denen ich der Roten Armee einen tadellosen Lastkraftwagen aufgebaut habe. Als Bezahlung gab's nicht einmal einen warmen Händedruck, nur weitere Wehrmachtswracks und weitere Aufträge, die von Befehlen nicht leicht zu unterscheiden waren. Ich war damals der einzige noch lebende und nicht in Gefangenschaft geratene Automechaniker in ganz Harland und besaß dank des sowjetischen Stadtkommandanten bald so etwas wie eine Kfz-Werkstätte – eine Bombenruine mit Blindgängern im Hof. Meinen ersten Opel habe ich 1947 verkauft, an die städtische Bestattung – das einzige Gewerbe, das in den damaligen Zeiten florierte."

„Klingt alles sehr schwierig."

„Die nächsten fünfzehn Jahre waren dafür leicht – Gebietsschutz, wissen Sie. Und es gab mehr Käufer, als wir überhaupt Fahrzeuge geliefert bekamen. Die nächsten zwanzig Jahre waren sowieso ein Kinderspiel. Der Gebietsschutz wurde ausgebaut und es erhielten ihn nur die dickeren Fische unter den Händlern. Ich hatte schon Filialen in Krems, Amstetten, Wiener Neustadt und Penzing."

Die Konfektschachtel war mittlerweile leer. Die Krankenschwester bewegte sich nun nicht mehr. Schieder hatte sich überhaupt noch nicht bewegt. Ebenso wenig wie ich, denn ich stand seit einer Viertelstunde wie ein Zinnsoldat vor seinem Bett und hörte mir seine Geschichten an. Es roch nach Sauerstoff, Hydrauliköl, Schokolade und feinem, frischem Schweiß wie von einem neugeborenen Meerschweinchen. Warum schwieg Gott und seine Staubgeburten führten das große Wort?

„Erzählen Sie mal ein bisschen was über sich!“, forderte mich der sprechende Kopf plötzlich auf.

„Heißt das etwa, dass Sie keine Referenzen über mich eingeholt haben?“

„Ich habe mich immer auf mich selbst verlassen, auch bei der Beurteilung von Menschen. Und ich bin immer gut damit gefahren. Außer bei meinen zwei Ehefrauen.“

Es schien mir höchst unpassend, in dieser Umgebung zu kichern oder auch nur komisch zu glucksen.

„Okay, also ich bin nicht besonders dynamisch, aber zäh. Mein dreißigster Geburtstag ist an mir vorbeigerauscht wie eine F-16. Wenn man Red Bull und Whiskey mischt, bekommt man keine Flügel, sondern Düsen. Außerdem dusche ich nicht zweimal pro Tag und habe eine große Klappe. Mein Handwerk habe ich beim Wiener Sicherheitsbüro gelernt, aber ich bin, fanden jedenfalls meine Vorgesetzten, nicht teamfähig. Bei einem Marek-Miert-Wettbewerb würde ich vermutlich nur den vierten Rang belegen, wenn überhaupt.“

Den Kopf schienen meine Antworten nicht besonders zu befriedigen, er begann wieder zu sprechen: „Was heißt das?“

„Wenn Sie wollen, dass ich Dreck für Sie wegräume,

richtigen Dreck meine ich, dann bin ich Ihr Mann. Wenn Sie allerdings von mir verlangen sollten, auf Samtpfötchen durch die Gegend zu hopsen und immer meine Glaceehandschuhe dabeizuhaben, dann wäre ich nicht der Richtige für Sie."

Ich plauderte zwar noch immer farblosen Dampf ins Blaue hinein, schien aber ungefähr in die Nähe dessen geraten zu sein, was der sprechende Kopf sich in etwa vorstellen mochte.

„Sonst noch etwas, was ich wissen müsste?"

„Ich arretiere keine Ladendiebe und schlage keine säumigen Schuldner zusammen. Das ist ein Prinzip von mir."

„Okay, Miert, sehen Sie, ich habe einen tüchtigen Schwiegersohn, der einen tüchtigen Detektiv aus Wien engagiert hat. Er telefoniert in meinem Auftrag jeden zweiten Tag mit einem tüchtigen Karrierejuristen aus Hietzing, unserem hiesigen Polizeidirektor. Aber ich wollte jemanden, der beispielsweise weiß, wo das Scharfe Eck und wer Wickerl Pongratz ist, jemanden, der weiß, dass der Grund unter dem Autohaus Goritschnig noch immer feucht ist, weil der Bau auf dem zugeschütteten Langteich der Naturfreunde errichtet worden ist."

Das mit dem Teich hatte ich nicht gewusst. Also hielt ich lieber mal den Mund und bemühte mich, möglichst wissend dreinzuschauen.

„Verstehen Sie, Miert?"

Ich nickte: „Das verstehe ich ganz gut, aber die Hauptsache ..."

„Ich möchte in dieser Stadt nicht sterben, bevor dieses Mädchen nicht gefunden ist! Alles Weitere erfahren Sie von Hierlinger. Auf Wiedersehen!"

Die Audienz war beendet, die Krankenschwester stellte das Illustriertenlesen abrupt ein und trat an Kommerzialrat Schieders Bett heran. Nichts Ernstes, nur eine Pulskontrolle.

3

Das akkurat gekleidete Männchen hatte offenbar vor der Tür des Krankenzimmers Wache gestanden und auf mich gewartet.

„Sie sind wohl Hierlinger?", begrüßte ich es.

„Und Sie sind wohl die Allegorie einer dickbauchigen Wärmflasche?"

„Was machen Sie bloß, wenn diese Krankenstation einmal leer ist? Den Sozialstaat in die Pflicht nehmen?"

„Ich denke nicht, dass Sie das etwas angeht! Kommen Sie mit in mein Büro."

Praktischerweise befand sich dieses gleich daneben, hinter einer ebenso idiotisch-rustikalen Tür, von der Macht nur ein paar Schritte entfernt. Aber vielleicht war der Hausmeier Hierlinger selbst schon die Macht. Sein Büro sah allerdings nicht danach aus oder war raffiniertestes Understatement: schwarzgraue Polstermöbel ohne viel Polsterung, mit Messerkanten und rechten Winkeln wie aus der Kollektion eines leicht zwanghaften technischen Zeichners. Schreibtisch sowie

PC-Tisch und Büroschrank aus braunorangen Spanplatten, irgendwie eine Mischung aus Neo-Bauhaus und Stadtrand von Bremen. Hinter dem Schreibtisch ein Aquarium mit einem großen, weißen, neurotischen Goldfisch, der hektisch an der Oberfläche nach Fressbarem, neuen Perspektiven oder einem Gott mit Kiemen suchte, und einem kleinen schwarzen Exoten, der in Bodennähe einer plastikgrünen Wasserpflanze vorsichtig den Hof machte. Auf dem Schreibtisch neben den üblichen Büroutensilien ein mit Blüten und der Aufschrift „Breitensee 1999" bemalter faustgroßer Stein und eine kaum mehr als daumengroße Plastikfigur eines Beelzebubs, der nicht nur die Zunge spitz und glänzend zeigte, ein kleiner Teddybär mit roter Schleife, die mit einer Sicherheitsnadel an seinem Goder festgestochen war, und eine rote Plastikrose in durchsichtigem Zellophan, das über und über mit winzigen roten Herzen bedruckt war. Das Foto eines weißen, langhaarigen Hundes auf einer Pinnwand neben einer Straßenkarte von Niederösterreich sowie eine Fotografie von aufgeschichteten Totenköpfen aus einem Karner rundeten Hierlingers Büroeinrichtung ab. Nichts deutete darauf hin, dass er sich auch mit Kriminalfällen beschäftigte.

Auch hier bekam ich keinen Stuhl angeboten, während sich Hierlinger hinter seinem Schreibtisch platzierte und mit dem Stein aus Breitensee zu spielen begann. Dafür kam er immerhin gleich zur Sache: „Helene Kafka, elf Jahre alt, seit fünf Wochen verschwunden. Sie haben sicher von der Sache gehört?"

Ich hatte.

„Damit Sie die ‚Harlander Nachrichten' nicht aus Ihrem Altpapiercontainer herausfischen müssen, haben wir ein Foto der Kleinen und ein paar Fakten für Sie vorbereitet."

„Sie ist auf dem Schulweg verschwunden, nicht?"

„Exakt, auf dem Weg von ihrer Schule zu ihrer Mutter. Mehr weiß ich nicht, mehr weiß niemand. Name und Adresse der Mutter und der Schule finden Sie in diesem Umschlag. Es gibt auch noch einen Großvater. Dessen Adresse haben wir ebenfalls für Sie aufgeschrieben." Damit zog er aus einer Schreibtischlade ein dünnes, oranges Kuvert hervor, das aber nicht nach Orangen, sondern höchstens nach Industrieleim roch, und reichte es mir. Es enthielt einen Farbabzug im Format A4, offenbar eine extreme Vergrößerung eines Schul-, eines Klassenfotos. Das Gesicht der kleinen Kafka, das den Abzug ausfüllte, war mager und verhuscht, hatte strähniges, elektrisch aufgeladenes, brünettes Haar, angefressene Augen, eine leicht schiefe Nase und einen Mund, der sich sichtlich nicht wohl fühlte, jedenfalls im Moment der Aufnahme.

Als Letztes war in dem Umschlag ein Blatt Papier, auf dem mit Schreibmaschine die Adresse der Schule sowie die Wohnanschriften einer Helga Kafka und eines Franz Leeb standen.

„Sie bekommen täglich einen Scheck über vierhundert Euro zugesandt. Wenn Sie größere Spesen haben sollten, wenden Sie sich an mich. Zusätzlich werden Sie jeden Tag in Ihrem Postfach eine Bestätigung vorfinden, dass Sie genau an diesem Tag Kommerzialrat Schieder in einer privaten Untersuchung vertreten. Und zwar nur an diesem Tag! Wenn Scheck und Bestätigung ausbleiben, dürfen Sie den Auftrag als erledigt betrachten. Zumindest, was uns betrifft."

Zog man Kommerzialrat Schieders Gesundheitszustand in Betracht, so würde der Auftrag wohl durch ein Gottesurteil beendet werden.

„Wann und wem bin ich berichtspflichtig?"

„Sie berichten wöchentlich, und zwar mir."

„Eines interessiert mich noch: Was erhofft sich Kommerzialrat Schieder von meinem Engagement?"

Da bereits halb Harland seit Wochen vergeblich nach der kleinen Kafka suchte, konnte er sich wohl nicht allzu viel erwarten. Höchstens ein schönes Begräbnis für die Kleine, wenn irgendwer die Leiche ausbuddelte.

„Warum tut er das überhaupt? Schieder und Kafka – das klingt ja nicht gerade nach engster Verwandtschaft?!"

„Soweit ich weiß, ist da auch nichts, schon gar keine Blutsverwandtschaft, keine nähere Beziehung, nichts. Ich bin mir sicher, dass er die kleine Kafka nicht einmal kennt, geschweige denn die Mutter."

„Inwieweit wird die Harlander Kriminalpolizei mit mir kooperieren?", fragte ich.

Es war immer gut zu wissen, ob man die Ex-Kollegen inklusive Gabloner im Rücken oder am Hals haben würde. Fragte sich nur, was letztlich besser war.

„Ich habe mit einem gewissen Oberleutnant Gabloner gesprochen und er schien nicht sehr erfreut, Ihren Namen zu hören."

„Sie malen mit schönen Worten ein unschönes Bild."

„Ich habe mir jedenfalls erlaubt, den Herrn Oberleutnant an die mehr als großzügige Spende des Herrn Kommerzialrats für die Tennisanlage des Polizeisportvereins zu erinnern. Für nächstes Jahr ist zudem, soviel ich weiß, eine Erweiterung des Clubhauses geplant. Ich glaube, er hat mich einigermaßen verstanden."

Hierlinger verzog die Lippen zu etwas, das man mit viel gutem Willen als Lächeln bezeichnen hätte können, sehr dezent natürlich und seiner Stellung angemessen.

„Beinahe hätte ich Sie unterschätzt, Hierlinger."

„Das bewirke nicht ich, das sind nur die Millionen. Brauchen Sie sonst noch etwas?"

„Ich habe schon Fälle angefangen mit weniger als nichts. Was Fakten betrifft, meine ich, aber eines würde mich schon noch interessieren: Wer ist der Kollege, der auch auf die Sache angesetzt ist?"

Hierlingers Sitzhaltung verspannte sich ein wenig: „Bedaure."

Der Kerl bedauerte wahrscheinlich nicht einmal seine Geburt, dachte ich.

„Na, dann wollen wir mal!", sagte der Majordomus und erhob sich leicht aus seinem Schreibtischsessel. Er war noch immer so proper wie bei meiner Ankunft.

Die hatten mir ein schlechtes Foto gegeben, eine unscharfe Vergrößerung eines unscharfen Bildes, drei Adressen aus dem Telefonbuch und die Rückendeckung eines unberechenbaren Cholerikers wie Gabloner und erwarteten von mir, eine Göre zu finden, die ganz Harland schon seit Wochen vergeblich suchte. Und keiner wusste, warum die das wollten. Vielleicht aus purer Nächstenliebe, vielleicht aus ganz anderen Gründen.

Hierlinger begleitete 1,85 Meter frisch gewaschenen, gestriegelten und geschniegelten Marek Miert durch die alpenländischen Säle bis zum Eingangstor. Sicher war sicher, wenn man eine solche Figur im Haus hatte.

Aus dem Zimmer von Kommerzialrat Schieder war das Rattern eines Gerätes zu hören, vielleicht die Herz-Lungen-Maschine. Schon meinen ersten Scheck konnte ich wohl vergessen.

Im Auto nahm ich sofort die Krawatte ab und knüllte sie ins Handschuhfach. Dann holte ich noch einmal das Foto hervor. Es war mit Abstand die schlechteste Aufnahme, die ich je gesehen hatte. Ein Klassenfoto aus zehn, fünfzehn Metern Entfernung ohne Zoom aufgenommen. Der Kopf von Helene Kafka war danach stark vergrößert herausgenommen worden. Sie mochte elf sein auf diesem Foto, vielleicht aber auch zwanzig, mit körniger Haut wie Straßenschotter. Dann nahm ich mir den Zettel mit den Adressen vor. Helene hatte mit ihrer Mutter in der Daniel-Gran-Straße 15 gewohnt, keine gute Adresse. Hatte? War ich jetzt schon davon überzeugt, nur mehr nach einem Leichnam suchen zu müssen?

4

„Grüß Gott, ich komme wegen Ihrer Tochter."

Daniel-Gran-Straße 15 war überraschenderweise eine Art kleines Siedlerhäuschen zwischen einem Secondhandshop für Kinderbekleidung und Pornovideos und einer Stehweinstube in dem heruntergekommenen Gründerzeitviertel hinter dem Hauptbahnhof. Es bestand im Wesentlichen aus ein bisschen Zement und jeder Menge Sand. Der Verputz hatte wohl schon zu Zeiten der ersten Mondlandung zu bröckeln begonnen und war inzwischen längst in großen Platten abgebrochen. Darunter waren hellgelbe, minderwertige Ziegel zum Vorschein gekommen. Wahrscheinlich gehäckseltes, gepresstes Stroh mit ein wenig Lehm darin. Der diskrete Charme der Wiederaufbaujahre. Auch damals hatte es eine Baumafia gegeben und die konnte das bessere Material ganz gut woanders brauchen. Ein Gartenzaun war nicht mehr vorhanden, jedenfalls nicht wirklich. Man stieg einfach über dessen verrostete Reste, stapfte zwei, drei Schritte durch einen verwilderten Vorgarten, stand vor einem Windfang aus gelbem, verwittertem Wellplastik und klopfte sachte gegen die zerfasernden Kohlenwasserstoffe. Ein Geräusch wie von einem Gebiss, das in einem großen, halbvollen Wasserglas herumgerüttelt wurde, *shaken, not stirred.*

„Wegen dem Lientscherl kommen Sie? Wegen dem Lientscherl? Sind Sie von der Zeitung? Ich bin aber gar nicht hergerichtet heute!"

Die Dame des Hauses blieb in der halb geöffneten Windfangtür stehen. Eine eher unförmige Gestalt, mehr breit als hoch, in schwarzen Trainingshosen und abgetragener schwarzer Samtbluse. Belangloser Modeschmuck und schwarzgelbrot gefärbter, undefinierbar gelegter Haarschopf. Ein breites, rotes Gesicht mit unreiner Haut und kleinen, farblosen Augen. Fahrige Bewegungen mit beiden Händen. Ein schwach wahrnehmbarer Geruch nach Gin oder Likör.

„Ich bin gekommen, um nach Ihrer Tochter zu suchen. Darf ich weiterkommen, um mit Ihnen darüber zu sprechen?"

„Ja, wenn Sie von der Zeitung wären ..."

Die Dame des Hauses rückte noch immer keinen Millimeter von der vermaledeiten Windfangtür weg. Und wenn ihr nicht einmal klar war, dass fünf Wochen nach dem Verschwinden des Kindes keine Journalisten mehr kommen würden, dann stand mir einiges bevor! Außerdem war die ganze Geschichte im Wesentlichen nicht über die Harlander Lokalmedien hinausgekommen.

„In gewisser Weise habe ich natürlich mit Nachrichten zu tun, mit Fakten, wenn Sie verstehen, was ich meine."

„Natürlich verstehe ich! Ihr von der Zeitung tut immer so geheimnisvoll. Und dann haltet ihr nichts! Erinnert euch nicht mehr! Pfui!"

„Ich bin da ganz anders. Mein Gedächtnis ist vielleicht überhaupt das Beste an mir – darf ich jetzt reinkommen?"

Die Dame des Hauses gab endlich die Tür frei und mir durch eine verschmierte, undeutliche Handbewegung zu verstehen, ihr zur folgen. Sie ging voraus durch den Windfang und dann durch einen Flur, der fast zu schmal für mich gewesen wäre. Ich bemerkte, dass sie, obwohl erst Vormittag war, ein wenig schwankte, ein wenig sehr schwankte, und folgte ihr in zunehmenden Wacholder-Geruch. Außerdem roch es nach nicht gewaschener Wäsche, Staubmilben und einer Überdosis Selbstmitleid. Das Wohnzimmer war auch keine Überraschung: Musterring-Möbel mit blindem Lack, ein gelbes Sofa mit dem abgewetzten Charme Bill Haleys und dem Fett seiner Schmalzlocken in Form großflächiger Flecken, ein zerkratzter, staubiger Nierentisch mit vollem Aschenbecher und leeren Flaschen, Nippes aus Venedig, Mainau, Medjugorje und aus dem 10-Schilling-Shop, ein beleuchtbarer Gondoliere etwa, dem die Ruderstange fehlte.

Die Dame des Hauses ließ sich auf das Sofa niederfallen und blickte liebevoll auf einige volle Flaschen im aufgeklappten Musterring-Barfach mit eingebauter Beleuchtung.

„Auch einen Schluck?"

Ich schüttelte den Kopf.

„Von welcher Zeitung sind Sie denn nun?"

„Eigentlich von einer Nachrichtenagentur. Wir wollen die Sache größer aufziehen, als es die paar Lokalzeitungen bisher getan haben. Zum Beispiel mit einer Homestory über Sie!"

„Mit einer was?"

„Wir berichten über die leidgeprüfte, gramgebeugte Mutter, die sich vor Schmerz niederwirft. Neben den Barschrank beispielsweise."

„Von wem? Sie wollen doch einen Schluck! Stimmt's oder hab ich Recht?!"

„Vielleicht eine Ihrer Likörspezialitäten."

Man konnte sich seine Informationsquellen nicht immer aussuchen. Ich musste diese Vorstadtalkoholikerin eben ein bisschen bei Laune halten.

„Bedienen Sie sich und schupfen Sie mir auch ein Gläschen vorbei!"

Ich griff blind in das mit Flaschen aller Größen, Farben und Formen voll gestopfte Barschränkchen und zog eine bereits angebrochene Flasche Cognac hervor. Allerdings handelte es sich dabei um moldawischen Cognac, wie mich ein verzweifelter Blick auf das Etikett lehrte.

Ein paar Achtelliter-Gläser standen auf einem Seitenbord des Wohnzimmerschranks, keines davon hatte allerdings in letzter Zeit allzu viel Wasser und Spülmittel gesehen. Aber ich vertraute einfach auf die desinfizierende Wirkung des Weinbrands.

„Was springt für mich dabei heraus?"

„Darüber unterhalten wir uns ganz, ganz zum Schluss. Jetzt geht es zunächst einmal darum, was wir überhaupt machen können. Wir brauchen zum Beispiel mehr Fotos von Ihrer Tochter, eine Auswahl zumindest."

Ich trug Flasche und Gläser zu ihr hin und stellte sie vor sie auf das Couchtischchen. Sie schenkte uns beiden sofort ein, ihr das Maximum, ein Achtelliter mit Gupf, mir immerhin noch ein Quantum, das einen Dackel getötet hätte.

„Fotos! Alle wollt ihr nur Fotos von meiner Kleinen!“

Ich ließ mich vorsichtig auf einem Fauteuil nieder und begann die Flecken auf dem Linoleum-Fußboden zu zählen.

„Sie wissen ja, wie wenig die Leute lesen – die wollen Bilder schauen! Bilder, Bilder und nochmals Bilder!“

„Aber ich hab keine Fotos, das hab ich doch schon gesagt!“

Madame Kafka blickte jetzt nur mehr konzentriert auf das volle Achtelliterglas. Dann griff sie sich das Ding und kippte den ganzen Cognac in zwei schnellen Schlucken hinunter. Wow! Beinahe im gleichen Atemzug angelte sie sich die Flasche und schenkte sich noch einmal ein, wieder randvoll.

„Sie werden doch Ihre Tochter gelegentlich fotografiert oder auf Video aufgenommen haben, nicht?!“

Madame Kafka blickte auf das erneut volle Glas.

„Ich hab doch gar keinen Apparat und der Willi auch nicht!“

„Wer ist Willi?“, fragte ich schnell.

„Ein Bekannter.“

Sie hob das Glas mit dem Achtelliter Schnaps langsam und konzentriert an.

„Willi-wer?“

„Willi-das-geht-Sie-einen-Dreck-an!“

„Und Helenes Vater?"

„Der ist vor elf Jahren ins Zillertal auf Saison gegangen und nicht mehr wiedergekommen."

Ich hätte es nicht für möglich gehalten, aber sie kippte auch die zweite Ladung Fusel in zwei hastigen, gierigen Schlucken. Als sie das leere Glas absetzte, kam aus ihrer Brust ein Geräusch, wie wenn man einen Plastikbecher zusammentritt.

Danach kicherte sie: „Ich bin 22 und sehr, sehr allein."

Sie dürfte sich da wohl um einige Jährchen verschätzt haben, aber wer selbst ohne Eitelkeit ist, der werfe die erste Flasche.

„Wir alle haben unser Kreuz zu tragen", sagte ich leise und defensiv.

Im Übrigen sah ich ungläubig zu, wie sich Madame Kafka noch einmal das volle Quantum einschenkte. Ich hatte von meinem Glas noch nicht einmal genippt.

„Wann ist Helene verschwunden?"

„Vor fünf Wochen ungefähr. Ist nicht mehr von der Schule heimgekommen."

„Wann haben Sie Anzeige erstattet?"

„Eh am nächsten Tag."

„Erst am nächsten Tag?"

„Willi und ich haben einen Ausflug gemacht und sind eben erst am nächsten Tag zurückgekommen – was dagegen?"

„Hatte Helene einen eigenen Haustorschlüssel?"

„Nein, aber das Flugerl ist eh nicht oft nach Hause gekommen."

„Wie bitte?“

Meine mehr als erstaunte Frage wurde nicht einmal ignoriert, denn die Dame des Hauses genehmigte sich gerade den dritten Achtelliter moldawischen Cognacs, in einem Zug, ex und hopp! Diesmal röchelte sie ein bisschen mehr, griff sich an den Hals und sank dann keuchend auf das Sofa. Wer weiß, was sie vor den Cognacs schon alles gekippt hatte.

„Frau Kafka? Frau Kafka! Wie ist Ihnen?“

Keine Antwort, keine Reaktion. Sie lag da wie eine Wurst.

„Frau Kafka! Wachen Sie auf!“

Nicht mehr Reaktion als von einer griechischen Landschildkröte im Winterschlaf.

Ich alarmierte von ihrem Festnetzapparat im Flur die Rettung und machte, dass ich da rauskam.

5

„Wie geht es der Kafka denn? Alles in Ordnung, seit Sie sie so plötzlich verlassen haben?“

Fast genau gegenüber dem Kafka'schen Häuschen befand sich ein Würstelstand, nichts anderes als ein abgestellter, ausrangierter Wohnwagen auf einem Parkplatz am Rand der Fahrbahn mit einer dem Gehsteig zugewandten Budel: „Harrys Haaße“. Harry war ein kleinwüchsiger Mann etwas über meinem Alter mit kurzen Beinen und relativ stämmigem Oberkörper. Er trug Bluejeans, ein weißes T-Shirt mit über der Brust eingehängter Sonnenbrille und eine weißblaue Trainingsjacke mit der Aufschrift „Champion". Harry hatte ein eckiges Gesicht, ein relativ gut erhaltenes Gebiss mit kleinen, gegen die Mundwinkel gelblich werdenden Zähnen sowie graumelierte kurze Haare und roch nicht allzu sehr nach Industriefett.

„Ich bewundere Ihre Nebensatzbildung, Champ. Besonders in dieser Gegend hier", antwortete ich.

„Kommen Sie mir nicht blöd! Vor allem nicht in dieser Gegend hier!" Harry legte nonchalant einen silbrig glänzenden Schlagring auf die Theke.

„Was sind wir heute wieder stark, Champ! Räumen Sie Ihr Alteisen weg und geben Sie mir lieber ein kühles Mineral, aber ohne Kohlensäure."

„Sie riechen aber verdammt noch mal nach Schnaps!"

„Wer immer in das Kafka-Haus reingeht, wird nach Schnaps riechen, wenn er wieder rauskommt. Im Übrigen habe ich für die Dame des Hauses die Rettung rufen müssen, weil die in Moldawien so ein Zeugs destillieren, aus alten Autoreifen oder was."

„Na ja, dann ..."

Harry schien einigermaßen beruhigt, der Schlagring war mit einem Mal unter der Budel verschwunden.

„Na ja, dann schlage ich vor, warten wir beide mal schön auf das Rote Kreuz."

„Das kann dauern, bis die sich in unsere Gegend verirren. Mineral habe ich übrigens keines da, das wird hier selten verlangt."

„Geben Sie mir halt eine Dose Bier, auch wenn das nicht wirklich mein Stil ist. Aber ich muss Ihnen noch sagen, Champ, dass Sie nicht nur Nebensätze, sondern auch die Beschützerrolle von Witwen und Waisen sauber hinkriegen."

„Leichtbier?"

„Sehe ich so aus?"

„Ich werde nicht recht schlau aus Ihnen. Sie bekommen aber schon mal ein echtes Gösser von mir."

Die Bierdose war so eiskalt, dass meine Finger einen Moment daran kleben blieben, als ich sie in die Hand nahm.

Der Fall hatte mir von allem Anfang an missfallen. Bevor man sich mit mir einließ, hatte man zuvor schon ein anderes, größeres Büro aus Wien beauftragt. Meinen Job als fünftes Rad am Wagen hatte ich nur der Marotte eines Sterbenden zu verdanken und ich konnte über die Motive meines Auftraggebers keinerlei Aufschluss gewinnen. Auf jeden Fall schienen sich alle im Klaren darüber zu sein, was passiert war, und alles war so bretteleben und entschieden wie ein Rennen zwischen einem Rollstuhlfahrer und einem Ferrari Testarossa.

„Sind Sie auch von der Zeitung?"

Ich war noch immer Harrys einziger Kunde und so redete er offenbar aus nichts anderem als Langeweile weiter mit mir. Ein Rettungswagen war weit und breit noch immer nicht in Sicht.

„Oder wollten Sie der Kafka nur was andrehen? Vertreter, hä?"

„Was ich mache, würden Sie nicht verstehen. Ich verstehe es ja selbst nicht."

„Wenn Sie Teppichreiniger oder so etwas verscherbeln wollen, sind Sie bei der an der falschen Adresse. Die hat selbst bei mir keinen Kredit mehr!“

Erst jetzt bemerkte ich das blaue Plakat mit der gelben Aufschrift „Harland darf nicht Chicago werden! Österreich-Bewegung“ zwischen den Pfefferoni- und Gurkengläsern. Kein Wunder, dass man schon keine Notiz mehr davon nahm – es hing seit Wochen in allen Größen überall in der Stadt herum. Wahrscheinlich hatten sie bereits das ganze Land damit zugepflastert. Die Millionenbudgets dafür und für die Werbeeinspielungen und für die Callcenter und für die gekauften Titelblätter und für die geschmierten Postenkommandanten, Chefredakteure, Meinungsmacher kamen aus ihren Kameraden-Netzwerken, aus ihren Geheimfonds, die sie zwischen Rattenlöchern in Österreich, Deutschland, Amerika, Russland und weiß Gott noch wo hin und her schoben. Außerdem war sicherlich noch ein bisschen Geld in der Kassa von all den arisierten Werten, von denen sie in der Nachkriegszeit nur die Grundstücke und ein paar allzu berühmte Gemälde zurückgeben mussten. Selbst das Zahngold und die Beinprothesen hatten sie behalten.

Ich bezahlte die ungeöffnete Bierdose und machte mich auf zu meinem Granada, der in einer Seitengasse stand.

6

Längere Zeit zuckelte ein weißer Lieferwagen mit einer Nummer aus dem Landbezirk vor mir her. Die kleine Kafka hätte darin versteckt sein können. Ebenso unter einer Fuhre Ziegel, die mir auf einem Baumarkt-Lkw entgegenkam. Oder sie wurde in einem der zwei- bis dreistöckigen Zinshäuser in dem abgewohnten Gründerzeitviertel zwischen der Daniel-Gran-Straße und dem Hauptpostamt festgehalten. Oder sie lag unter Gerümpel und Unrat auf den vereinzelten Brachflächen zwischen diesen Häusern oder längst zerstückelt wie billiges Großküchen-Gulaschfleisch im Kanal unter der Straße, auf der ich gerade fuhr.

Im Gegensatz zur Ansicht von literarischen Papierhelden wie Monsieur Poirot durfte man in der Realität meines Berufes nicht alle Möglichkeiten durchdenken, sonst sah man bald Tauben im Frühstückskaffee schwimmen, putzte sich die Zähne mit Rasierwasser und sang sich selbst Lieder vor in einer Sprache, die hierzulande niemand verstand. Wenn unser bisschen Verstand verlöschte, war der Rest Bühnenbild und Tod und Lächerlichkeit wie eine gekreuzigte Leberkäsesemmel. Die Würde des Untergangs wurde meist ziemlich überschätzt.

7

Eine Firma Hintermeyer aus Innsbruck bot mir bequeme Ratenzahlung für ein exklusives Freundschaftsarmband an, wenn ich gleichzeitig sieben Kilo ihres Schwarzenegger-Proteinpowerpulvers abnahm. Eine Lifenet-Company aus Donaustadt versprach mir hoch und heilig, innerhalb von nur zweieinhalb Wochen meinen Waschtrommel- in einen Waschbrettbauch zu verwandeln, falls ich ihr für teures Geld allerlei mehr oder weniger komplizierte Gerätschaften abkaufte, um mir damit im Hometraining meine Sehnen, Bänder und Gelenke zu ruinieren, was von drei prominenten Sportärzten und angeblich auch von Hermann Maier empfohlen wurde. Schlicht und ergreifend war auch das Angebot der Mankind Ltd. aus New Jersey: Penisverlängerung mit pflanzlichen Wirkstoffen. Außerdem offerierte mir der liberianische Konsul in Honduras die Möglichkeit, eine Gasse in der drittgrößten Stadt des Landes nach mir zu benennen, die Überweisung von achttausend Euro einmal vorausgesetzt. Ich könnte dort auch, ebenfalls auf Eurobasis, eine fantastische Eigentumswohnung und sogar einen reservierten und bewachten Parkplatz erwerben. Weiters wurde mir ein äußerst lukrativer und geradezu deppensicherer Nebenerwerb mittels einer brandneuen, ökologisch-zen-buddhistischen Gesichtspflegeserie für den homoerotischen Mann, eine Jungfrau aus Gummi mit diversen eingebauten Elektromotoren und eine Schrotflinte mit mannstoppender Munition aus recycelten Badezimmermatten angeboten. Darüber hinaus lud mich doch tatsächlich die hochlöbliche Detective Association of South Florida mit einem Postfachsitz in Voitsberg, Steiermark, ein, ihr Mitglied zu werden, was mir neben vielen weiteren sensationellen Vorteilen auch eine stark verbilligte Bezugsmöglichkeit für gebrauchte Funkwanzen eintragen würde. Der Clou in meinem Postfach, das es an Unterhaltungswert locker mit dem staatlichen österreichischen Fernsehprogramm aufnehmen konnte, war der prächtig gelayoutete Brief eines Mr. Ugoto M'Kampane aus Lagos, Nigeria, der mit meiner Hilfe die Kleinigkeit von 34 Millionen US-Dollar außer Landes schaffen wollte, ganz legal natürlich. Alles, was ich für ihn zu tun hätte, wäre, mein Bankkonto für lediglich zwei Tage für die Last der Millionen zur Verfügung zu stellen und 17 000 Dollar für die Transaktionskosten vorab an ihn zu überweisen, um schließlich 25 Prozent des schwarzen Schatzes zu kassieren. Der Rest des Altpapierstoßes in meinem Postfach im Harlander Hauptpostamt am Bahnhof war circa fünf Zentimeter ganz normaler Werbung von Supermärkten, Schuhhäusern, Elektroketten, Fetzentandlern und so weiter und so fort ad infinitum.

Zum ersten Mal seit Monaten hätte ich mir auch das eine oder andere Angebot leisten können, denn Hierlinger hatte bereits einen Umschlag mit dem ersten Scheck in das Fach legen lassen. Daran angeklammert fand sich auch die Bestätigung, dass ich heute, und zwar nur heute für Kommerzialrat Schieder in einer privaten Angelegenheit tätig war. Wahrscheinlich würde sich das Papier spätestens morgen von selbst auflösen, entzünden oder implodieren, so überaus vorsichtig war es texturiert. Nur ja keine Ansprüche, etwa auf ein reguläres Arbeitsverhältnis, aufkommen lassen, daraus ableitbar machen; wir können keinen brauchen, unsere paar Kaufhausdetektive beziehen wir von der Stange aus Wien.

Als ich aus dem Hauptpostamt trat, einem dreistöckigen Waschbetonplatten-Bau aus den Siebzigerjahren des vorigen Jahrhunderts, von dem nur mehr die Flächen im Erdgeschoss für den Publikumsverkehr genutzt wurden, war Humpelstetter schon am Ford Granada am Werk, ein kräftiger, aber irgendwie gedrückter Mann in meinem Alter mit fehlenden Vorderzähnen im Oberkiefer, einem Glasauge links, in einem grob karierten Hemd und einer dünnen, abgeschabten Kunstlederjacke, die sich um Bauch und Brust spannte, und in undefinierbaren Hosen, in deren Taschen ihm gerade ein paar Tabletten gegen Epilepsie verblieben waren. Mit einem dubiosen Lappen, wahrscheinlich einem Stück Innenfutter seiner Hose, rieb er eifrigst auf einer circa zehn Quadratzentimeter kleinen Fläche der Kühlerhaube meines Wagens herum. Mehr konnte oder wollte er während meiner täglichen Postfachaushebung nicht schaffen und durfte sich selbst dafür immer ein paar Cent und ein paar freundliche Worte erwarten. Er schlief, soviel ich wusste, in irgendwelchen Schuppen oder Lagerhäusern am Bahnhofsgelände und lebte für alle möglichen Tabletten, die er in der Bahnhofshalle kaufte.

Der Parkplatz vor dem Postamt war sozusagen sein Arbeitsplatz, auf dem er sich die Pillen verdiente. Ich habe nie herausfinden können, ob er besonders schlau oder besonders dumm war. Auf jeden Fall war er grosso modo einigermaßen zuverlässig und ich hatte ihn schon für kleinere Botengänge verwendet. Deshalb zeigte ich ihm auch das Foto von Helene Kafka und ersuchte ihn, ein wenig die Augen offen zu halten nach der Kleinen. Für alle Fälle.

„Da merkt man aber gleich, dass Sie Detektiv sind! Ein Fahndungsfoto!", sagte Humpelstetter und hörte zu putzen auf. Die zehn Quadratzentimeter waren ja schon geschafft. Dann zog er ebenfalls ein Foto aus der Hosentasche und reichte es mir. Es war ein Abzug exakt derselben Aufnahme des verschwundenen Kindes. Auf der Rückseite wurden „10 000 Euro Belohnung für sachdienliche Hinweise zur Auffindung von Helene Kafka" ausgelobt. Die Kleidung, die sie zuletzt getragen hatte, war ungefähr beschrieben und es standen da sogar Angaben zu ihrer Größe und ihrem Gewicht, wahrscheinlich vom Schularzt und nicht von ihrer Mutter herrührend.

Darunter hatte sich die Agentur Gamper & Gamper mit einer Wiener Telefonnummer verewigt.

8

„Sind Sie an einer Ehrenkarte für den Polizei-Sommerball in den Stadtsälen interessiert?", fragte mich die uniformierte Wache in der Portierloge der Bundespolizeidirektion Harland, einem Glaskasten mitten in einer pompös-ausladenden Eingangshalle aus roten und grauen Kalksteinplatten. Die Halle war beinahe so groß, dass alle Harlander ihre Polizeidirektion gleichzeitig hätten besuchen können – wenn sie Lust dazu gehabt hätten, was eher unwahrscheinlich war –, aber jetzt kurz vor Mittag war ich der einzige Kunde, wie man die früheren Parteien neuerdings nannte. Durch ein ziemlich ausgeklügeltes System von gespannten Seilen wurde man vor eine geöffnete Glasscheibe geführt und konnte bei einem jungen Sicherheitswachebeamten vorsprechen, der vor einer Vielzahl von altertümlichen Telefonen saß und die Kronenzeitung las.

„Wenn es mir einen Termin bei Oberleutnant Gabloner verschafft – wie viel würde mich die Ehre denn kosten?"

„Nur dreißig Euro. Dafür gibt es als Mitternachtseinlage eine Original-Sambashow, und bei der nächsten Grillparty des Polizeisportvereines sind Sie automatisch eingeladen."

Wer konnte da schon widerstehen? Dieser traditionelle Kieberer-Hausball musste finanziell wohl eher erschreckend bilanzieren, dachte ich, wenn sie jetzt sogar schon Leute wie mich einluden, nur um die Kosten zu decken.

„Sie haben mich soeben als Sponsor gewonnen", knurrte ich und gab meine letzten Zehner her. Ich muss Schieders Scheck dringend einlösen, dachte ich.

„Vielleicht noch eine Karte für die werte Gattin?"

„Wollen Sie mich in den Ruin treiben? Ist der Oberleutnant nun da oder nicht?"

„Ich werde Sie anmelden. Zimmer dreizehn, im dritten Stock rechts ..."

„Danke, ich kenne den Weg annähernd." Leider.

Direkt hinter der gigantomanischen Eingangshalle wie aus Mussolinis Architekturbaukasten begann schlagartig ein Gewirr aus Zimmern, Zellen, Magazinen, Teeküchen und mehreren Stiegenhäusern, von denen nicht alle bis in den dritten Stock, in den Trakt der Kriminalpolizei reichten.

Ich klopfte an die Bürotür des ältesten Oberleutnants der Republik. Andere Polizeioffiziere in seinem Alter waren schon längst Oberste, Hofräte oder Brigadiere und saßen die letzten paar Jährchen bis zur goldenen Beamtenpension im Ministerium in der Wiener Herrengasse ab, vollauf damit beschäftigt, Kaffee zu trinken und mit anderen Obersten, Hofräten oder Brigadieren zu plauschen oder schön lange Fachartikel für die halbamtliche Zeitschrift „Öffentliche Sicherheit" zu fabrizieren. Wenn sie doch noch einen gewissen Tatendrang in ihren letzten aktiven Jahren verspürten, so wurden sie als Gutachter für die Gerichte oder als Konsulenten im boomenden Sicherheitsgewerbe tätig und verdienten sich eine goldene Nase dabei. Manche standen auch auf der Gehaltsliste der georgischen Mafia beispielsweise und hatten sowieso ihre Schäfchen im Trockenen. Nur Gabloner war noch immer an der Front. Noch dazu an einem so unattraktiven Frontabschnitt wie Harland. Daran konnte auch der Titel eines Gruppenführers und Leiters der hiesigen Kriminalpolizei nichts ändern. Aus der Sicht der Wiener Karrierebeamten war Harland so attraktiv wie Warzen am verlängerten Rücken.

Hinter Gabloners Tür rührte sich nichts. Ich klopfte noch einmal.

Welche Chancen ein älterer, nicht gerade mit Lorbeeren in der Dienstbeschreibung überhäufter Polizeioffizier hatte, wieder eine standesgemäße Führungsposition in einer der Wiener Zentralstellen zu ergattern, konnte sich selbst ein so wenig begnadeter Denker wie Gabloner ausrechnen.

Noch immer nichts. Ich klopfte wieder, diesmal härter und nicht mit den Knöcheln, sondern mit der Faust.

Vielleicht war der alte Oberleutnant ja in seinem Bürostuhl eingenickt oder gestorben. Ich vermutete im Büroschlaf sowieso seine Hauptbeschäftigung während der letzten Jahre.

Ich probierte die Klinke. Sie ließ sich leicht herunterdrücken. Ich öffnete die Tür und machte einen Schritt ins Allerheiligste hinein. Bis auf die unübersehbare Tatsache, dass Gabloners Zimmer offenbar vor kurzem in einem netten Magensäuregrün ausgemalt worden war, das auch annähernd so roch, hatte sich an der ärarischen Ausstattung nicht viel geändert. Zwei versperrte Rollkästen, wahrscheinlich noch aus dem Fundus der Gestapo, die weiland in diesem Gebäude residiert hatte, ein Aktenbock, der außer alten Zeitungen kaum etwas enthielt, ein gusseiserner Kleiderständer, an dem ein grauer Übergangsmantel hing, zwei dubiose Besucherstühle und ein wuchtiger, aber sehr abgenutzter Schreibtisch, auf dem nur eine Gabel, ein zugedecktes Reindl, wahrscheinlich mit Gabloners Mittagessen, und beunruhigenderweise eine Walther PPK lagen. Der Lauf der Waffe zeigte auf das einzige Fenster, aber der Griff lief auf mich zu.

„Wenn Sie mir jetzt noch den Gefallen täten, einen weiteren Schritt in das Zimmer zu machen, um nach der Waffe zu greifen, könnte ich Sie locker von hinten erschießen, ohne dass das Disziplinarverfahren allzu grausam ausfallen würde!", lachte eine Stimme hinter mir, ohne wirklich zu lachen.

Gabloner. Ich erstarrte. *Houston, wir haben ein Problem.*

„Ich sehe es gern, wenn jemand beim Planen ans Limit geht."

Ich bemühte mich, den Satz so ruhig und neutral wie möglich zu sprechen und danach kurz aufzulachen. Der Lacher hätte jovial und beherrscht klingen sollen, tatsächlich kam aber aus meinem Kehlkopf nur ein heiseres Kichern und ich rührte mich wohlweislich nicht.

Gabloner schlüpfte rechts an mir vorbei und steckte dabei seine Glock in das Hüftholster. Dann ging er um den Schreibtisch herum, packte die Walther am Lauf und verstaute sie in einer Schublade. Er setzte sich in seinen Bürostuhl und hob den Deckel vom Topf. Gefüllte Paprika in Paradeissauce – allein dieser widerlich süße Geruch! Gabloner stülpte befriedigt den Deckel auf das Reindl, um seine leckere Mahlzeit ja nicht auskühlen zu lassen. In seinen Sessel hingeflätzt, in den weiten, unmodischen Hosen und einem grünblaugelben Hemd, das die Bezeichnung Hawaiishirt nur knapp verfehlte, sah er aus wie eine Sturzgeburt, wie eine bösartige, bissige Kröte. Sein ohnehin massiver Schädel schien noch voluminöser geworden zu sein, sein Gesicht noch flacher und röter. Ich wusste, dass er ein harter Trinker, ein harter Polizist und zuweilen ein harter Gegner war. Hart, aber herzlos.

„Allein, was ich so an Schulungen und interessanten Seminaren verpasse, seit ich nicht mehr im Polizeidienst stehe!", eröffnete ich das Geplänkel und versuchte nicht ganz so penetrant zu grinsen wie Jack Nicholson.

„Dafür können Sie sich jeden Tag in dreckigen Leintüchern wälzen und Ihre Nase in jede Kloake hineinstecken. Ich hätte Sie vorhin doch erschießen sollen, Miert! Jammerschade, dass ich's nicht gemacht habe!"

„Nicht doch, ich habe eine Karte für den Polizeiball. Soll die etwa verfallen?"

„Ich gebe meine jedenfalls zurück. Und jetzt ist die Wiedersehensfreude verraucht, die Audienz beendet, und ich wäre Ihnen dankbar, wenn Sie sich meine Tür wieder von außen anschauen würden. Hier wird schließlich gearbeitet!"

„So können Sie mir diesmal nicht kommen, Gabloner! Diesmal habe ich Rückendeckung mitgebracht!", erklärte ich, „neunzig Millionen Euro Rückendeckung!"

„Und was hätte Ihnen die genützt – vorhin? Nur weil ein bisschen Druck auf mich ausgeübt worden ist, rutsche ich vor Ihnen noch lange nicht auf den Knien herum! Was glauben Sie, wer aller schon in den letzten dreißig Jahren versucht hat, mich unter Druck zu setzen?! Da kommt es mir auf den Sekretär eines Autotandlers auch nicht mehr an!"

„Ihre Idiosynkrasien sind mir wurscht! Blunzen! Ich fordere von Ihnen ganz einfach die Fakten im Fall Helene Kafka! Und ich werde sie bekommen! Und wenn nicht, werden Sie Probleme bekommen! Vielleicht enden Sie noch als Postenkommandant in Hintertupfing, Gabloner! Ich wäre mir nicht so sicher, dass Ihnen das nicht passieren könnte!"

„Ich habe ja gesagt, Miert, dass ich Sie vorhin hätte umlegen sollen, als ich noch die Möglichkeit dazu hatte. Und sonst gibt es eigentlich nichts, als dass die Kleine am 27. Mai genau um 11 Uhr 30 beim Verlassen ihrer Schule ein letztes Mal lebend gesehen worden ist. Nach dem regulären Unterrichtsende hätte sie eigentlich um circa 11 Uhr 45 in der Wohnung ihrer Mutter eintreffen müssen. Ist sie aber nicht. Eine Abgängigkeitsanzeige wurde von dieser erst am nächsten Tag erstattet. Das kommt vor. Viele Leute vermissen ihre gestohlenen Autos schneller als ihre davongelaufenen Kinder. Die ‚Harlander Nachrichten' haben den Fall anfangs ganz massiv gebracht. Daraufhin haben uns jeden Tag mindestens siebzehn Meschuggene angerufen, um uns mindestens 27 verschiedene Fundorte der Leiche mitzuteilen und andere Ezzes zu geben. Eine halbe Kompanie Wiener Polizeischüler, die ich anfordern musste, arbeitet unter der Leitung von Leutnant Schuster diese dubiosen Ortsangaben immer noch im Gelände ab, Tag für Tag. Außerdem haben Wiener Kollegen von Ihnen in der zweiten Woche nach dem Verschwinden ein paar tausend Fotos der Kleinen in der ganzen Stadt unter die Leute gestreut. Daraufhin haben hier noch mehr Nekrophile und Gestörte und nekrophile Gestörte und gestörte Nekrophile angerufen, und die Polizeischüler hatten noch weitere abgelegene Wäldchen, Auabschnitte, wilde Mülldeponien, verlassene Gehöfte, leere Jagdhütten und so weiter zu durchkämmen. Mittlerweile ist das Interesse der Zeitung und der Leute wieder eingeschlafen. Nur die Mutter der Kleinen glaubt immer noch, mit der Geschichte Geld machen zu können. Das sind die Fakten, die so genannten Fakten, die nichts hergeben, mir nicht und Ihnen schon gar nicht! Außerdem hätte sich der alte Schieder in Ihrem Fall sein Geld sparen können, Sie müssen ja froh sein, Miert, wenn Sie jeden Morgen Ihre Zahnbürste finden!"

Mitten im Mai hatte der allein stehende Vorstadtfleischhauer seinen Laden und die Wohnung darüber akkurat abgesperrt und war von einem Tag auf den anderen verschwunden. Das Kühlaggregat lief noch fast drei Monate, bis die Elektrizitätsgesellschaft der offenen Rechnung wegen den Strom kappte. Nachdem die Nachbarn von Myriaden von Fliegen malträtiert wurden, rückte die städtische Desinfektionsanstalt mit schwerem Atemschutz an. Ich war dem verschwundenen Fleischer auf der Spur und hätte ihn auch fast gefunden, wenn seine bejahrte Großtante noch ein paar Tage lang meine Spesen getragen hätte, aber sie erlitt in der Dusche einen komplizierten Oberschenkelhalsbruch und war mit etwas anderem, nämlich mit dem eigenen Sterben beschäftigt. Diesmal, das fühlte ich, würde ich einen längeren Atem haben.

„Wer ist Willi?“

„Wer ist Willi?“

Gabloners Gegenfrage war wie aus der Pistole geschossen gekommen. Ich wunderte mich, dass er so wenig wusste. Als Kriminalist hatte er früher vielleicht einmal Punch gehabt, die Aggressivität einer Dampframme, aber niemals so etwas wie Klasse. Wie die meisten Führungsfiguren war er bei Licht besehen eine trübe Tasse, dachte ich, ohne seinen ganzen Apparat würde er es nicht einmal schaffen, in einem Supermarkt einen Liter Milch zu kaufen.

„Wissen Sie, Gabloner, was neben Ihren fehlenden Umgangsformen, Ihrem fehlenden menschlichen Maß und Ihrer auf nichts beruhenden Präpotenz Ihr Hauptfehler ist?“ Gabloner glotzte nur, ich hatte mich in Rage geredet. „Wer sich diese ledrigen Paprika in dieser ekelhaft süßen Tomatensauce einverleibt, der ist einfach kein Mensch!“

Dann machte ich, dass ich rauskam, bevor er doch noch, mit den Paprika oder Schlimmerem, das Feuer eröffnete.

9

Am Besucherparkplatz der Bundespolizeidirektion setzte ich mich in meinen Ford Granada und holte erst einmal tief Luft. Mein Hemd war von oben bis unten durchgeschwitzt, Gabloners Scherze waren immer ernst gemeint und immer ernst zu nehmen.

Harland war nicht gefährlich. Es gab nur einige gefährliche Leute hier. Darunter einen unförmigen, gerissenen, alten Polizisten, der sich fast nicht mehr unter Kontrolle hatte. Beinahe wäre er mein böser Engel der letzten Stunde geworden.

In solchen Momenten suchte ich immer vergeblich nach dem göttlichen Funken in mir, denn in der Situation selbst bestand ich nur aus Schweiß und Angst. Was war unser Leben, wenn es darauf ankam, denn mehr als der namenlose Tanz abgekippter Müllsäcke den Abhang einer Deponie hinunter? Der Tod hat keine Manieren, der kommt unangemeldet, da heißt es nur: Gemma, gemma!

Mitten in diesen Überlegungen rutschte ich auf dem Fahrersitz des Granada, ausgeschwitzt und erschöpft wie ich war, in einen flachen, unruhigen Schlummer. Ich träumte von Gabloners Wohnzimmer und von ihm selbst darin, der wie ein nicht gemachtes Bett aussah und dessen Anzug man nicht einmal am Belgrader Flohmarkt hätte verscherbeln können.

„Und wenn Sie mich jetzt auch noch bedrohen – funktioniert doch nicht! Das Einzige, was bei Ihnen noch funktioniert, ist offensichtlich Ihre Verdauung!“, schrie mich Gabloner in seinem Wohnzimmer und in meinem Traum an.

Ich zog meine rostige, abgesägte Schrotflinte, ein Erbstück aus Opa Mierts Beständen, aus dem Hosenbund, richtete sie auf eine Vase, die nach Kolo Moser aussah, und drückte ab.

Nichts passierte. Einundzwanzig, zweiundzwanzig, dreiundzwanzig.

Nichts, absolut nichts.

Gabloner begann rhythmisch zu kichern, was sich in seiner tiefen Stimmlage idiotisch anhörte.

Als der Schuss brach, waren wir beide ziemlich überrascht. Die Vase flog gut einen Meter hinter ihren Sockel zurück und zerbröckelte innerhalb einer Zehntelsekunde in der Luft. Ein Porzellansplitter oder eine abgeprallte Schrotkugel riss mir die Stirn oberhalb der linken Augenbraue auf. Gabloner brachte mir ein Papiertaschentuch.

„Tut mir leid", sagte ich, „Ich hatte eine schwere Woche."

„War sowieso nur eine Kopie, noch dazu eine ziemlich schlechte. Aber passen Sie ja auf, dass Sie mir nicht den Teppich anbluten. Der ist nämlich echt."

Als mir gegen Ende des Traums einfiel, dass ich dringend auf die Bank musste, um den ersten Scheck von Kommerzialrat Schieder einzulösen, erwachte ich in mein kleines Leben. Im Inneren des Granada war es heiß und feucht wie in einer karibischen Muschel. Von einer alten Delle im Autodach tropfte Kondenswasser auf meine Stirn.

10

„Was sollen bloß die ganzen Bretter da in eurem Foyer? Schon wieder ein Umbau?", fragte ich den Bankbeamten am Schalter. Kein Wunder, dass die Gebühren so hoch waren, dachte ich, immer mehr Marmor, Teak und Mahagoni, und dabei war das nur eine ganz normale Sparkasse für Leute, die in der Woche gerade mal hundert Euro abheben wollten und mit dem Rest ihres Einkommens Kreditraten und Überziehungszinsen berappen mussten.

„Oh je, tut mir leid, die wurden zu früh geliefert, ich weiß. Eigentlich hätten wir sie erst morgen gebraucht."

Die Klimaanlage war, auch mit meinem Geld, auf so eisige Temperaturen gestellt, dass der Schalterbeamte mitten im Sommer ein langärmeliges Hemd, ein Gilet und eine Weste und ein Sakko trug. Wahrscheinlich steckte er auch noch in Angora-Skiunterwäsche, während sich die trockene Kälte in meine Mittelohren und Nebenhöhlen fraß.

„Und wofür brauchen Sie Schalbretter? Und Eisensteher? Und Stahlklampfen?"

„Wissen Sie das denn nicht?"

„Sonst würde ich nicht fragen."

Vielleicht hätte ich nicht so vorlaut sein sollen, schließlich hatte mich diese Bank in den letzten Monaten finanziert, sprich über Wasser gehalten.

„Übermorgen finden am Herrenplatz die Wahlkampfauftakt-Veranstaltung der Österreich-Bewegung und gleichzeitig am Riemerplatz irgend so ein türkischer Kulturtag statt, und wir liegen dazwischen, deshalb verschalen wir unsere Auslagen."

„So weit sind wir also schon wieder", sagte ich mehr zu mir selbst als zum Herrn über meine Liquidität.

„Also, hundert nehmen wir mit, und den Rest des schönen Schecks verbuchen wir auf Haben. Das wird Ihrem Kontostand aber gut tun, Herr Miert."

Dem hatte ich nichts hinzuzufügen.

11

„Heute habe ich Lust auf etwas ganz Besonderes."

Das „Medici" in der Innenstadt war das einzige Lokal in ganz Harland, das sich einen Sommelier leisten konnte oder wollte. Und was für einen: Miranda. Eigentlich hieß sie ja Güleser, aber Namen dieser Provenienz galten in unserer Gesellschaft als ziemlich aufstiegshemmend, also hatte sie ihn in der Sommelierschule abgelegt.

Nicht entfernt hatte sie glücklicherweise die mediterrane Fülle ihres turmalinschwarzen, langen Haares, die Sonnenhaut der Ägäis, die Augen von der Farbe der schwarzgrauen, traurigen Erde Anatoliens und die in unseren Parfümerien nicht zu kaufenden Wohlgerüche Zyperns. Erhalten geblieben war der kleinen Person auch ein Figürchen jenseits allen westlichen Diätwahns und aller kalifornischen Fitnesshysterie. Mit einem Wort: Mira.

„Vorher musst du aber noch diesen Riesling kosten.

Angeblich verfügt er über ein sensationelles Säurespiel, meiner Meinung nach ist er einfach nur sauer."

„Heute Nacht wollte ich davon träumen, dich nackt an ein Messingbett zu fesseln, aber es ist mir leider nicht gelungen."

„Red keinen Stuss, Dummkopf, koste lieber. Ich bin mir nämlich nicht ganz sicher."

Sie schwenkte eine elegante, dunkle Flasche, sicherlich mundgeblasen und handsigniert, und hatte mir auch schon ein halbes Achtel daraus in ein Probeglas eingeschenkt. Riesling schmeckt eigentlich nach gar nichts. Es ist der am meisten überschätzte Wein der Welt. Es gibt keinen Riesling-Geschmack. Aber er hat die unglaubliche Fähigkeit, die Düfte und Gerüche seiner Umgebung, seines Weingartens aufzunehmen und mit seinem Körper exakt wiederzugeben.

Die Farbe des Weins war tadellos, aber ich beachtete sie nicht weiter. Die Konsistenz war vielleicht eine Spur zu dünnflüssig, aber eben nur vielleicht.

In der Blume, sprich im Geruch der ersten von mir angesaugten Luft über dem Glas, war etwas, das an weißen Pfeffer erinnerte. Schließlich ein Schluck unter die Zunge.

„Eine zarte Note nach Batteriesäure, ein leichter Stich nach Ammoniak und ein winziger Hautgout nach verrauchtem Apfelessig, wenn du mich fragst. Das Etikett will ich gar nicht lesen."

„Dacht' ich's mir doch."

Abgesehen von dem absolut erfreulichen Sommelier war das „Medici" ungeachtet seines Namens ein überteuerter Schickimicki-Schuppen mit einer Art korsischer Nouvelle-Vague-Küche. Ich hasse Lokale, wo ich mehr als neunzig Prozent der Gerichte nicht einmal richtig aussprechen kann. Bei meinem ersten, eher zufälligen Besuch im „Medici“ mit einem Lokaljournalisten, der mich dann furchtbar hereinlegte, hatte ich ganz einfach mit dem Finger auf eine Position der Speisekarte gezeigt, die preislich nicht ganz so abschreckend war, und gleichzeitig der Bedienung etwas Unverständliches zugemurmelt. Der Schreiberling dagegen hatte mit dem Kellner parliert, als wäre er das Produkt eines bis auf ihn folgenlosen korsischen Urlaubsflirts seiner Mutter. Er bekam dann, auch daran erinnere ich mich genau, eine Speise serviert, die irgendwie giftig aussah. Nichtsdestotrotz sprach er ihr elegant zu. Mir legte man einen großen, rosaroten Teller vor, der einen abgetrennten Vogelkopf mit Schnabel und ein paar Federn sowie einen dunkelbraun gebratenen, winzigen Vogelkörper mit einer Zitronenscheibe trug.

„Oh, Sie lieben diese Delikatesse auch!“, war der Journalist hellauf begeistert von der Katastrophe.

Ab diesem Fiasko hatte Mira meine Speisenwahl übernommen. Es waren meistens einfache Nudelgerichte mit Käse-Obers-Saucen, sparsam gewürzt, um den Eindruck der Weine nicht zu stören.

„Du warst aber schon lange nicht mehr bei uns, Miert!“, sagte Mira und ich vermeinte einen leisen Ton von Traurigkeit, Sehnsucht oder sonst etwas in ihrer Stimme zu verspüren. Aber wahrscheinlich bildete ich mir da nur etwas ein.

„Ich habe schon einige Zeit keine zahlungskräftigen und vor allem zahlungswilligen Klienten mehr gehabt."

Ich konnte mich noch gut an die goldenen Worte von Kommerzialrat Skrutsch erinnern – „Niemals! Zahlen heißt kapitulieren!" –, als er von mir die Rechnung für das Wiederfinden seiner läufigen Ehefrau präsentiert bekam. Er könne beides nicht gebrauchen, hatte er mir am Höhepunkt unserer Auseinandersetzung erklärt, Rechnung wie Gattin. Ich zwängte daraufhin die Kasse seiner gut gehenden Trafik mit dem Taschenmesser auf und nahm mir das Meinige, mehr als durch Gekeife und Geschrei suchte mich Skrutsch nicht daran zu hindern. Seine Frau musste ich danach noch ins Frauenhaus chauffieren, inzwischen führt sie, glaube ich, recht erfolgreich ein Reformhaus in Krems.

„Also, etwas ganz Besonderes willst du?"

„Ja."

Manchmal dachte ich, dass die Gespräche über Wein für uns beide nur ein Code waren, aber wirklich sicher war ich mir nicht.

„Also, stell dir eine ausgeräumte, flache Agrarsteppe zwischen Wald- und Weinviertel vor, kommassiert und fast menschenleer, mit asphaltierten Güterwegen breit wie Landstraßen und ungeschützter, wüster Erde, die der Wind und das Wetter terrorisieren – und dann plötzlich eine Erhebung, ein überraschend massiver Hügel, ein Haufen uralten Gneises und Glimmers mit Inseln grünschwarzen zerbröckelnden Granits, mit Pegmatit und Bergkristall, seit Jahrmillionen verwitternd, zerfallend und darauf ein Eichenwäldchen, kleine, kaum mehr als mannshohe Krüppeleichen, und an einem steileren Abhang eine kurze Kellergasse, nur mehr ein unbenutzter Hohlweg, verstellt mit jahrhundertealten Nussbäumen und gewaltigen Hollerstauden. Und all das ist einmal ein Weinberg gewesen, der schon im Dreißigjährigen Krieg aufgegeben wurde, teils wegen der Schweden, teils wegen des Gerölls und der zunehmenden Trockenheit.

Und jetzt stell dir vor, dass vor vier Jahren ein junger Winzer, noch dazu ein Studierter von der Boku, begonnen hat, die besten Südlagen des Krüppeleichenberges zu roden. Er hat Sauvignon darauf angebaut, Blauen Portugieser und Zweigelt. Und das ist sein erster Wein, der erste Wein nach mehr als 350 Jahren von einer der besten Lagen des Weinviertels bei Stoitzendorf – voilà, ein Cuvée mit Namen ‚Miranda' von der Ried ‚Gustav Adolph'!"

Vor mir stand ein tief violett funkelnder Wein in einem Kelch, dem ein sagenhafter, milder Duft nach Holunder, warmen Steinen und Zimt entströmte.

„Miranda, Mira?", fragte ich erstaunt. Danach nahm ich andächtig einen Schluck und mein Gaumen explodierte vor Glück. Die bereits mit der Nase wahrgenommenen Einzeldüfte verwoben sich zu einer unglaublichen Finesse, der Cuvée prallte voll und weich zugleich gegen meine Geschmacksknospen, ausgewogen, elegant und mit einem Abgang wie der Schlussakkord einer Symphonie. Das hier war ein großer Wein, ein wirklich großer Wein!

„Der junge Winzer, von dem ich dir erzählt habe,

Miert, ist mein Mann. Wir haben den vergessenen Weinberg gemeinsam gekauft."

12

„Sie könnten mir den Rücken abrubbeln."

Als ich Frau Kommerzialrat Skrutsch endlich gefunden hatte, befand sie sich in einem Motel in der Scheibbser Gegend, und zwar unter der Dusche. Aber wenn man blassblaue Babyaugen und viel freundliches Fett unter dem Kinn sein Eigen nennt, nimmt man derlei Angebote nicht sonderlich ernst. Noch dazu, wenn sie im Konjunktiv vorgebracht werden.

Vielleicht waren meine Angebote an Mira noch viel, viel konjunktivischer und undeutlicher gewesen, vielleicht war Zurückhaltung in Liebesdingen nicht nur eine schwere, sondern die einzige Sünde gegen Gott Amor. Und deshalb war ich es gewöhnt, gegen mich selbst Schach zu spielen, die Familienpackungen aus dem Supermarkt nie ganz aufessen zu können, mit niemandem vor dem Fernseher zu sitzen und dort selbst bei Billy-Wilder-Filmen etwas dünn und echolos zu lachen. Schließlich und endlich war ich sogar stolz darauf, meine Fälle alleine zu lösen oder eben alleine an ihnen zu scheitern.

Nachdem mich Mira abgespeist und abgetränkt hatte mit dem Wein ihres jungen Eheglücks, war ich ziellos wie ein geprügelter Hund durch die Stadt gefahren, immer um zehn, zwanzig km/h zu schnell und ein paar

Zentimeter zu weit vom Bremspedal entfernt – noch so ein Idiot, der die ökologische Misere dieses Planeten ohne Not verschlimmerte, wenn auch nur ein klein wenig.

Manche denken gelegentlich im Büro, öfter jedoch in der Badewanne oder am Klo. Andere kommen im Flugzeug, sogar in der Economy Class, unvermutet ins Denken oder in der Sauna oder in der Kirche. Auch im Kabarett wird gelegentlich gedacht oder im Wartezimmer beim Arzt, außer vielleicht beim Zahnarzt, oder wenn man auf Freibier wartet. Einige wenige lassen in vollklimatisierten Thinktanks nach- und vordenken oder in ministerialrätlichen Besprechungszimmern oder in universitären Seminarräumen. Die meisten Menschen jedoch denken überhaupt nicht, nicht einmal, wenn sie einen Kredit aufnehmen, einen Beischlaf vorhaben oder jemandem die Arteria carotis abdrücken. Intensiveres Denken könnte ja dem Teint schaden. Ich selbst denke gelegentlich im Auto, auf diesen sinnlosen Fahrten durch eine unbedeutende Landeshauptstadt im Osten Österreichs. Das Spannendste am Denken ist vielleicht, dass man nie weiß, was und ob überhaupt etwas dabei herauskommt. Dass man Mira in Zukunft und auch in Gedanken wieder Miranda oder vielleicht sogar Güleser nennen wird und muss, war eines jener unvermuteten Ergebnisse, von denen man in der Regel nicht einmal weiß, ob sie überhaupt Ergebnisse sind.

Wie immer bei meinen so genannten Denkfahrten hatte wahrscheinlich meine Zirbeldrüse oder mein

Restthymus die Orientierung übernommen. Plötzlich stand ich mit dem Ford Granada vor dem Würstelstand in der Daniel-Gran-Straße und dachte ebenso plötzlich nicht mehr an Miranda. Oder doch?

Auf jeden Fall stieg ich aus und folgte dem Geruch nach altem, billigem Großhandelsfett bis zu Harrys Wohnwagen.

„Nehmen Sie das Plakat ab! Aber ein bisschen dalli! Oder kommen Sie mit Ihrem Schlagring vor den Wagen!"

Harry grinste mich verständnislos an, dann begann er „Blau, blau blüht der Enzian" zu pfeifen.

„Sie irren sich, der Konnex ist die Kornblume."

Er pfiff weiter.

Ich ging von der Budel weg und um den Wohnwagen herum bis zu dessen vorderem Ende, wo die Deichsel auf ein paar Holzblöcken am Asphalt aufgebockt war. Ich stellte mich breitbeinig über das Ende dieser vermaledeiten Deichsel – ein massiver, gusseiserner Ring, der über die Anhängerkupplung eines Zugfahrzeuges gesteckt werden konnte – und suchte einen guten Stand für meine Füße zu gewinnen. Dann packte ich das schwere Stück Metall mit beiden Händen und holte einmal tief Luft. In diesem Moment öffnete sich straßenseitig die Tür des Wohnwagens und Harrys properer Kopf, der so gut Nebensätze bilden konnte, erschien – wahrscheinlich, um sich die Show nicht entgehen zu lassen.

„Wer wird denn so empfindlich sein? Ist doch nur ein Plakat!"

„Ich bin aber so verdammt empfindlich, ich bin geradezu allergisch auf blaue Plakate in Würstelständen. Die verderben mir den Appetit!“ Ich hatte die Plakate dieser Zuchtwahlfanatiker, Umvolkungshysteriker und Wehrsportler, dieser Doppelrunensadisten, Kameradschaftler und Berufsverschwörungstheoretiker, dieser *volkstreuen* Totschläger, Nationalschwadronierer und Bereichsleiter für die *Ostmark*, dieser Rechtfertiger einer *ordentlichen Beschäftigungspolitik* in Sobibor und Treblinka, dieser Untergrund-Amigos, dieses weißen Mülls satt, einfach satt.

„Okay, das ist schlimm, wirklich schlimm – ich nehm's schon ab.“

Ich blieb noch eine Minute in meiner etwas seltsamen Stellung. Harry hielt das Plakat aus der Tür und ließ es dann auf die Fahrbahn fallen.

„Wie viel schuldet Ihnen denn die Kafka?“, fragte ich und richtete mich auf.

„Fast fünfhundert. Aber ich bin nur ein minderer Schuldner. Da gibt es ganz andere!“

„Und womit, meinen Sie, gedenkt Madame ihre Schulden zu begleichen? Von der Sozialhilfe?“

„Es heißt, mit dem Arsch ihrer Tochter.“

Ich ging auf Harry los. Am liebsten hätte ich ihn in eines seiner Pfefferonigläser gestopft. „Was heißt das? Was heißt ‚es heißt‘?“

Harry zog seinen Kopf schnell wie ein kleiner Vogel hinter die Tür zurück und machte sie zu. Ich hörte, wie er hektisch mit einem Schlüssel im Türschloss herumfuhrwerkte. Ich wandte mich von der Straßenseite des

Wohnwagens ab und wieder der gehsteigseitigen, ausgeklappten Theke zu. Harry stand dort in der Mitte seines Würstelstandes und hatte sich nicht einmal mehr die Mühe gemacht, den Schlagring anzulegen.

„Ich habe damit überhaupt nichts zu tun! Willi hat so etwas angedeutet!"

Er sah mir wohl an, dass ich ihn immer noch am liebsten in eines seiner Gurkengläser gestopft hätte.

„Wo finde ich diesen entzückenden Knaben?"

„Er hat eine Wohnung irgendwo in dem Grätzel um die Eisnerstraße, mehr weiß ich nicht! Wirklich!"

„War die Rettung schon da?"

„Sie haben sie mitgenommen."

Wenn er mir bezüglich Willi irgendetwas verschwiegen hatte, würde ich das nächste Mal seinen Würstelstand zertrümmern. So wahnwitzig wie Oberleutnant Gabloner war ich noch lange. Etwas in der Art sagte ich Harry auch zum Abschied, bevor ich wieder in den Granada stieg.

13

Es war mein zweiter großer Fall gewesen und ich hatte damals im Wiener Sicherheitsbüro als Hoffnung gegolten. Ich trug Boss-Anzüge und die Arroganz erfolgreicher Jungspunde zur Schau. Ich wohnte neben dem alten AKH zwar nur auf dreißig Quadratmeter mit Blick auf die Verrechnungszentrale der städtischen Bestattung, hatte aber Aussichten.

Das Kommissariat am Praterstern hatte sich mit dem ersten Vorfall nicht allzu viel Mühe gegeben. Im Prater kam es öfter vor, dass Prostituierte von ihren Freiern attackiert wurden, und normalerweise ließ man so etwas von den Zuhältern selber regeln. Kagraner Landrecht nannte man das und alle konnten damit ganz gut leben. Auch die zweite Leiche brachte dieses Gentleman's Agreement zwischen Kieberern und Peitscherlbuben noch nicht zu Fall und die Kollegen gerieten bei den Ermittlungen nicht gerade ins Schwitzen, denn nicht einmal die Lokalpresse interessierte sich wirklich für diese Hurenmorde. Erst mit der dritten Zerschnittenen ging es los, aber dann richtig, in einem Sommer, den ich nie vergessen werde.

Man hatte sie im Prater gefunden, hinter ein paar Büschen am Rand der Jesuitenwiese. Ein Spaziergänger war über ihren nackten, verstümmelten Leichnam gestolpert, eigentlich dessen ziemlich adipöser Pudel. Die Kollegen nahmen zuerst den Flaneur in die Mangel und verabreichten ihm an Ort und Stelle vorbeugend ein paar Ohrfeigen. Dann verfrachteten sie ihn ins Kommissariat. Dort kamen sie nach ein paar Stunden aber doch zur Überzeugung, dass rein von der Erfahrung her ein unbescholtener Mann von 76 Jahren nicht gerade den überzeugendsten, prototypischen Lustmörder abgab. Außerdem hatten sie den Hund auf der Jesuitenwiese vergessen. Als der Pudel dort von einer Funkstreife nicht gleich aufzutreiben war, erlitt der Spaziergänger eine leichte Herzschwäche, musste ins AKH eingeliefert werden und war damit für einige

Zeit nicht einmal mehr als Zeuge greifbar, geschweige denn als Beschuldigter. Bei diesem desaströsen Stand der Ermittlungen wandten sie sich an das Sicherheitsbüro. Und das schickte nach einigen bürokratischen Verzögerungen am nächsten Tag Oberleutnant Gabloner sowie einen Polizeipsychologen und meine Wenigkeit.

Auch das dritte Opfer war mit seiner eigenen Unterwäsche gefesselt und geknebelt und dann vom Hals abwärts mit einem Stanleymesser bearbeitet worden. Die Gerichtsmediziner zählten zahlreiche Schnitte an jeder Frau, konzentriert jeweils um die Schamregion. Außerdem fehlten sechs Augäpfel. Als ich das letzte Opfer am Nachmittag unseres ersten Einsatztages im Leichenkeller des Gerichtsmedizinischen Instituts sah, erbrach ich mich in den nächsten Abfallkorb. Daraufhin zückte Gabloner einen Schokoriegel und biss zweimal genüsslich ab. Das machte eben den Unterschied zwischen Mensch und Unmensch aus.

Nach Dienstschluss trank ich an diesem Tag allein in einer Bar am Alsergrund so viel Whiskey – übrigens ein Getränk, das ich noch nie verstanden und zu dem ich auch nie wieder gegriffen habe –, bis der Barhocker zusammen mit mir umfiel und man mich anschließend in ein Taxi stopfte für die rund 150 Meter bis zu meiner Wohnung. Die Nacht über quälten mich Fieber und Schüttelfrost, aber am Morgen war ich fest entschlossen, den Schlitzer zu stellen.

An diese alte, wütende Entschlossenheit dachte ich, während ich meine Lähmung überwand, den Wagen startete und durch den abendlichen Stoßverkehr Richtung Krankenhaus lenkte.

14

Bezüglich der Tatzeiten hatte sich die Gerichtsmedizin jeweils auf drei Abende festgelegt; zehn, halb elf, nicht viel später, gerade die Zeit, in der die Straßendirnen ihre Geschäfte aufnahmen, in der Ausstellungsstraße, am Messegelände und in der Hauptallee. Alle drei Fundorte lagen etwas tiefer im Prater, in den Praterauen, und zwar in einem Radius von vielleicht eineinhalb Kilometern. Konstantinhügel, Arenawiese, Jesuitenwiese. Der Fundort war jeweils auch der Tatort und es gab keinerlei Zeugen.

Gabloner hatte nach eineinhalb Tagen die glorreiche Idee geboren, alle Tapezierer des ganzen Bezirkes ins Kommissariat vorzuladen. Es waren so viele, dass er so ziemlich alle Kollegen der Dienststelle damit beschäftigte. Nach einer Woche begann er auch die Heimwerker zu verdächtigen und führte Befragungen und Razzien in den lokalen Baumärkten durch. Was der Psychologe alles trieb, bekam ich nur am Rande mit. Auf jeden Fall lieferte er nach vier Tagen so etwas wie ein Profil ab, in dem er den Täter als weiß, zwanzig- bis vierzigjährig und labil beschrieb, was keine allzu große Hilfe war. Denn wahrscheinlich traf das auf gut zwei Drittel der Kunden der Praterhuren zu.

Die Presse schrie bereits Zeter und Mordio und beschrieb Wiens ersten Serienmörder seit langem als obskure Mischung aus Graf Dracula, Jack the Ripper und Dr. Mabuse. Das war in etwa so hilfreich wie das psychologische Gutachten.

Ich war inzwischen fast rund um die Uhr damit beschäftigt, selbst in den miesesten Geheimbordellen die Klinken zu putzen, und klapperte nach und nach so ziemlich alle Prater-Zuhälter und ihre Pferdchen ab, obwohl ich die einen wegen ihres stark mit rotwelschen Ausdrücken durchsetzten Dialektes und die anderen wegen der diversen schweren Ostsprachen-Akzente kaum verstand. Insgesamt erwies sich dieser entzückende Personenkreis als ausgesprochen kooperativ, wenn ich auch für die meisten von ihnen vermutlich der erste Polizist im Leben war, mit dem sie freiwillig ein Wort wechselten. Niemand hatte irgendetwas gesehen, irgendetwas bemerkt. Die Frauen waren so unbemerkt in den Praterauen verschwunden wie eine Zigarettenkippe im Gully. Ich schlief schlecht, aß schlecht, träumte schlecht. Immer wieder und in immer kürzeren Intervallen tauchte in meinen Alpträumen ein Stanleymesser mit rotem Plastikgriff auf und eine höhnische Stimme erklärte mir aus dem Off, dass es Massenware aus Taiwan war und zwischen Hammerfest und Palermo praktisch überall verkauft wurde. Dabei hatten wir in allen drei Fällen gar kein Messer gefunden.

Nach ergebnislosen viereinhalb Wochen war die Presse kurz davor, uns und das ganze Kommissariat an die Wand zu nageln und den Polizeipräsidenten gleich mit dazu. Am Ende der fünften Woche erhielt ich den entscheidenden Zund von Heavy Herbert, einem ekelhaften Totschläger und Mädchenhändler. Er rief mich spätabends auf dem Diensthandy an und bestellte mich in eine Garçonniere in der praternahen Lasallestraße, wo eine gewisse Eva in Lack und Leder gerade damit beschäftigt war, die Blutungen von zwei tiefen Schnitten in ihrem linken Oberarm zu stillen. Eigentlich hieß sie Malgarzata und viel war nicht aus ihr herauszubringen. Aber sie hatte im Prater durch resolute Gegenwehr einen Angriff mit einem Stanleymesser überlebt und den Angreifer so weit gesehen, dass sie ihn halbwegs beschreiben konnte. Ich bestellte sie für den Nachmittag ins Sicherheitsbüro, da der Phantombildzeichner, wie ich wusste, vormittags ein Neugeborenes hüten musste.

Ich werde Gabloner mein Lebtag nicht verzeihen, dass er meine Zeugin und damit auch mich verraten hatte. Nur er, davon bin ich auch heute noch felsenfest überzeugt, konnte es gewesen sein, der Malgarzatas Daten und sogar ein Foto von ihr an die Zeitungsfritzen verkauft hatte. Dank der Informationen aus der Yellowpress hatte es ihr der Schlitzer dann einige Tage später doch noch richtig mit dem Stanleymesser besorgen können. Er wurde übrigens nie gefasst und das Disziplinarverfahren gegen Gabloner, das ich mit einer förmlichen Anzeige in Gang gebrachte hatte, verlief im Sand, führte nur zu seiner Versetzung nach Harland. Danach hatte ich im Sicherheitsbüro kein leichtes Leben mehr und wurde wenig später gegangen.

15

An einer Infusion hängend schlief Helga Kafka den guten Schlaf der Ungerechten. Sie hatten sich nicht einmal die Mühe gemacht, ihr einen Anstaltspyjama anzuziehen, sondern sie ganz einfach in der Kleidung, in der sie eingeliefert worden war, in das große, hoch technisierte Krankenhausbett gelegt. Ihre geplagte Leber sollte dort für einige Stunden oder Tage Ruhe finden.

Ich räusperte mich.

Helga Kafka grunzte im Schlaf

Ich räusperte mich vernehmlich.

Noch ein veritabler Grunzer.

Ich hustete, einen mittelschweren Tbc-Anfall vortäuschend.

Helga Kafka begann Schnarchlaute auszustoßen.

Ich stieß absichtlich einen Sessel um.

Helga Kafka rührte sich noch immer nicht.

Ich versuchte so geräuschvoll wie möglich das einzige Fenster zu öffnen, aber wegen der Zentralklimaanlage gab es keine Fenstergriffe.

Ich wusch mir die Hände und ließ einen dicken Wasserstrahl ins Becken plätschern.

Helga Kafka röhrte im Schlaf.

Mittlerweile war ihre Bettnachbarin, eine ältere Dame, die sich die ganze Zeit geruhsam die Fingernägel lackiert hatte, endgültig auf mich aufmerksam geworden.

„Fehlt Ihnen etwas, junger Mann?“

„Nein, nein, ganz sicher nicht."

„Wenn Ihnen etwas fehlt, rufe ich gerne die Schwester."

„Danke, aber es geht schon!"

„Es ist sicherlich enorm schwierig, die eigene Gattin in einen solchen Alkoholabusus verstrickt zu sehen."

Um außerhalb der regulären Besuchszeit, noch dazu abends in die Frauenstation der zweiten Internen Abteilung des Zentralkrankenhauses Harland vorgelassen zu werden, hatte ich mich als Franz Kafka, sorgender Ehemann, ausgeben müssen. Miert, mir graut vor dir.

„Vielen Dank für Ihr Mitgefühl!"

„Es ist schon nach sieben; ich glaube, es ist besser, Sie gehen jetzt nach Hause. Morgen sieht die Welt schon wieder ganz anders aus."

In wenigen rasanten Sekunden überspielten Cheesy, unser glorioser Spielmacher, und ich als vorgerückter, rechter Außenverteidiger fast die gesamte gegnerische Mannschaft – durch fortgesetztes Doppelpassspiel, eigentlich etwas ganz Simples und doch unglaublich Wirkungsvolles. Mit beinahe schon einreißenden Lungenflügeln rannte ich fünf, sechs Meter neben ihm stur geradeaus nach vorne, passte immer wieder scharf und flach nach links in den freien Raum, bekam den Ball fast umgehend zurück, berührte einmal, passte wieder ins Nichts und rannte noch immer vor, als Cheesy vor dem letzten Pass zu mir, der ich mich bereits in guter Schussposition hart an der rechten Ecke des gegnerischen Strafraumes befand, offenbar Spundus hatte. Er gab von der Mitte in scharfem Winkel an den linken

Flügel weiter. Von Murzik von dort draußen kam die gewohnte, unfähige Flanke, abgerissen natürlich, mit tausend Mal mehr Effet als eine eiernde Frisbeescheibe, und sie kam genau auf meinen noch immer vorwärts stürmenden, linken, fußballerisch toten Fuß – tausendmal hatte ich das Gustostückerl gesehen, von brasilianischen und dänischen Sturmspitzen und technisch unglaublich begabten Franzosen. Ich war nicht begabt. Ich war überhaupt nicht begabt. Trotzdem zog ich diesen komplizierten, eigentlich unnehmbaren und unberechenbaren Flugball in vollem Lauf durch.

Mein Schuss ging ungefähr 34 Meter am rechten Torpfosten vorbei. Seither weiß ich, was ich mir zutrauen kann und was nicht. Ich konnte auf jeden Fall nicht die halbe Nacht auf einer Frauenstation verbringen.

„Danke für Ihr Verständnis. Ich komme morgen wieder. Gute Nacht!"

16

Wir alle werden einmal im Krankenhaus sterben. Ausgenommen diejenigen unter uns, die auf einer Safari in Tansania beim Baden in einem kleinen, einladenden Teich von einem Krokodil ins tiefere Wasser gezogen und dort ertränkt werden. Oder diejenigen, die auf der Autobahn in einem Toyota-Tercel-Sondermodell verbrennen werden. Oder die Sparmeister, die ihre Durchlauferhitzer niemals überprüfen lassen. Oder die Springer vom Wiener Donauturm nach einem Leben voller Pleiten, Pech und Pannen. Oder die Heimwerker, die den neuen Gasherd selbst anschließen. Uns jedoch werden sie in einem jener multifunktionalen Stahlrohrbetten aufbahren, uns einen Katheter durch die Harnröhre schieben, eine Kanüle in die Armbeuge, einen weiteren Katheter vor dem Herzen anlegen und uns Sauerstoff durch die Nase jagen. So werden wir sterben, während man uns zu den Besuchszeiten besuchen kann, und unser Abtransport in die Pathologie wird nur eines von vielen logistischen Problemen eines Großbetriebes sein.

Deshalb machte ich mich mit dem Harlander Zentralkrankenhaus jedes Mal, wenn ich hier zu tun hatte, ein wenig vertrauter. Mein Tod ist zwar unbestimmt, aber sicher, und wird vermutlich hier eintreten. Denn ich fahre nur dorthin auf Urlaub, wo ich das Wasser aus der Leitung trinken kann, also praktisch nirgendwohin. Im Sinne dieser eschatologischen Übung machte ich es mir in einem kleinen, offenen Aufenthaltsraum ungemütlich, der am Ende eines langen Ganges gleich vor dem Eingang zur Internen Abteilung lag. Ein extrem niederer Couchtisch, den vielleicht die Sieben Zwerge benützen hätten können, aber nicht Schneewittchen und ich mit meinen langen Oberschenkeln, eine Plastikpalme und vier orange Plastiksessel bildeten die einzige Einrichtung, wenn man von einem ziemlich abstrakten Aquarell, das wie eine gekochte Niere aussah, einmal absah.

Meine Bude, dachte ich, wäre aber auch nicht viel

besser gewesen, um allein und schwitzend einen angebrochenen Abend zu verbringen, mit dem sich nicht mehr viel anfangen ließ, als ein paar schwarze Gedanken zu spinnen. Denen entkam man auch im eigenen Wohnzimmer nicht. Außerdem gab es hier im Krankenhaus eine Klimaanlage, wenngleich diese eine penetrante Geruchsmischung aus Karbol, Chlor und anderen Desinfektionsmitteln ausdünstete.

Kein Mensch war zu sehen, niemand kam den Gang vom Besucherlift entlang, niemand aus der Abteilung heraus. Vielleicht hegte ich auch nur die Hoffnung, hier diesen Willi erwarten, vielleicht doch noch abpassen zu können, aber solche Typen, wie er einer zu sein schien, verbrachten ihre Zeit nicht Händchen haltend im Spital, wer auch immer eingeliefert worden war.

„Als ich das letzte Mal auswärts essen war, stand Wildlachs auf der Karte, aber tatsächlich hatte dieser Fisch wohl nie in seinem ganzen Leben einen ganzen Fisch, sondern nur Soja, Fischmehl und Antibiotika gefressen, und die rote Farbe seines Fleisches stammte nicht von seiner Wanderung vom Süßwasser in die sieben Weltmeere und wieder zurück, sondern von Canthaxanthin und Astaxanthin – was ist das nur für eine Welt?“ Als ich den dünnen, älteren Mann, der offenbar vom Lift her in guter Deckung durch die Palme der traurigen BASF-Tropen an mich herangekommen war, endlich bemerkte, war es schon zu spät, viel zu spät, um seiner Suada zu entgehen. Die Krankenhäuser waren voll von solchen einsamen Seelen.

Was soll man zum Zustand dieser Welt schon sagen?

Also grunzte ich nur leise, während sich der dünne Mann behände auf einen der Plastiksessel direkt neben mich schwang. Ich war zu müde, um einfach aufzustehen und wegzugehen.

„Ich habe mal Ihr Bild in der Zeitung gesehen; sind Sie nicht der Detektiv?"

Wiederum grunzte ich nur. Man konnte es zustimmend oder verneinend auslegen.

„Wissen Sie, nicht einmal der Bürgermeister konnte mir helfen! Ich war auch schon beim Bezirkshauptmann, beim Tierheim, beim Marktleiter sowieso, bei der Umweltanwaltschaft, aber keiner fühlt sich zuständig!"

Ich dürfte kurz eingenickt gewesen sein und hatte überhaupt nichts kapiert, aber irgendwie war es jetzt mit bloßem Grunzen nicht mehr getan.

„Aha ..." Zum Glück ließ mich der dünne Mann nicht ausreden, sondern schwadronierte weiter und brachte mich so auf den neuesten Stand.

„Das arme Tierchen ist jetzt schon seit Wochen in diesem Einkaufszentrum gefangen! Ich selbst bin ja auch jeden Tag dort, auf einem Bankerl in der Halle. Was soll ich in der Pension auch anderes tun? Also, das Tierchen wird zwar von den Kunden gefüttert, aber das ist doch keine artgerechte Umgebung für ein Wildtier! Außerdem, denken Sie an die Hygiene!"

Ich dachte an die Hygiene. An eine schlanke blassblonde Frau mit blitzblauen Gletscheraugen, UN-blauem Mundschutz und einem hautengen Ganzkörperanzug aus giftgrünem Latex.

„Ich denke an die Hygiene."

„Sie als Detektiv hätten das sicherlich sofort im Griff!"

Noch wusste ich nicht einmal, um was für ein Tierchen es sich überhaupt handelte. Vielleicht um eine aus der Zoohandlung entkommene, niedliche, kleine Babypython oder so etwas. Das Beste war wohl, den Mann einfach weiterreden zu lassen, er würde die Art schon noch irgendwann einmal erwähnen und dann wahrscheinlich 25-mal wiederholen.

„Irgendwer muss die arme Amsel ja einfangen und wieder in Feld und Flur aussetzen!"

Aha, immerhin kein Reptil.

„Irgendwer muss dem Tierchen doch helfen! Ich selbst bin ja Pensionist und kann nicht einmal auf eine Leiter steigen, ohne dass mir schwindlig wird!"

Es gab mehrere Möglichkeiten, unliebsame Klienten erfolgreich zu vergraulen. In meinem Wohnbüro servierte ich zu diesem Behufe meistens einen ungarischen Kräuterschnaps, der genau so hieß, wie er schmeckte: Unicum. Aber hier? Hier konnte mich womöglich nur mehr die Honorarfrage retten.

„Was darf Sie der Spaß denn kosten?", fragte ich.

„Kosten? Höre ich kosten? Ich dachte, ich könnte Sie dazu bewegen, die Sache aus ideellen Motiven, aus einem ökologischen Bewusstsein heraus zu übernehmen! Sie würden einem gefährdeten Wildtier ein Leben in artgerechter Umgebung zurückgeben!"

„Amseln sind meines Wissens nicht gefährdet. Jedenfalls nicht in Harland. Und ich heiße übrigens Miert und nicht Doolittle. Rufen Sie in, sagen wir, drei Monaten mein Büro an und lassen Sie sich einen Termin geben. Guten Abend!"

17

Die Tür zu meinem Wohnbüro schien unberührt. Auch die Zimmer lagen so, wie ich sie verlassen hatte, keine Attentäter, keine Bombe, kein rätselhaftes Parfüm, nur der gewohnte Geruch nach schlechter Küche und tausend vertanen Chancen. Das vierstöckige, abgewohnte Zinshaus, in dem sich meine Bleibe befand, lag hinter dem Hauptbahnhof zwischen einer kroatischen Grillstube und einer Pleite gegangenen Peepshow, die jetzt einem Marktfahrer als Lager für seinen Kram diente. Die Zinskaserne gehörte seit neuestem einer Bank. Ebenso wie der Rest der ganzen Gegend. Alles sollte abgerissen werden. Für ein Fachmarktzentrum oder eine Park-and-ride-Anlage oder ein Fun- und Wellnessbad oder was auch immer. In meinem Haus gab es mittlerweile keinen Hausmeister mehr, kein Licht im Stiegenhaus, das Haustor ließ sich nicht mehr schließen und manchmal fielen der Strom oder das Wasser aus oder beides für ein paar Stunden oder ein paar Tage. Mein Nachbar im Erdgeschoss, ein pensionierter Postoberoffizial, war vorgestern ausgezogen. In den oberen Stockwerken dürfte noch die eine oder andere Partei hausen, aber wirklich sicher war ich mir nicht. Man hatte mir eine Abfindung im Gegenwert von ungefähr zwei neuen Herrenhemden angeboten, wenn ich ebenfalls auszöge, aber es wäre doch gelacht, wenn sich dieser Betrag nicht kräftig in die Höhe treiben ließe.

Der Jugendstil der Fassade war alt geworden. Zuletzt hatte man ihr wohl zu Zeiten des Bürgerkriegs oder noch davor einen neuen Anstrich gegönnt. Die üppige florale Ornamentik der Fassadengestaltung war längst zu einer Gefahr für Passanten geworden, so brüchig waren die Verputz- und Mauerteile schon. Ähnlich trist das Stiegenhaus, wo keiner mehr herabgefallenen Sandstein und abgebröckelte Ziegelreste wegräumte. Da das Haustor defekt war und nach menschlichem Ermessen auch nicht mehr repariert werden würde, nützte gelegentlich so manche Schöne der Nacht vom nahen Rotlichtrevier den Hausflur des Erdgeschosses als Empfangsräumlichkeit. Wenn es nächtens vor meinem Wohnbüro grummelte und grammelte oder an meiner Tür scharrte, war ich auch im Tiefschlaf in der Lage, einen scharfen Wachhund, mindestens einen Dobermann, zu markieren und entsprechend glaubhaft zu bellen. Ich war vor ein paar Monaten hier eingezogen, als mein Einkommen so üppig sprudelte wie ein Brunnen in der Sahara und meine Ersparnisse unweigerlich zur Neige gingen. Wenigstens gab diese Büroadresse potentiellen Kunden gleich einen Eindruck davon, wie billig ich eigentlich war. Höchstens mein ererbter Waldviertler Dickschädel könnte sie teuer zu stehen kommen. Ansonsten war ich wohl der erste Diskontdetektiv Harlands. Vielleicht war das ja eine Marktlücke.

Wer es geschafft hatte, mein exklusives Wohnbüro zu betreten, ohne zuvor von einem Stück Jugendstil erschlagen worden zu sein, stolperte zunächst einmal über sechs grundsolide, grundunbequeme Eichenstühle, welche neben einem Schreibtisch die Einrichtung des winzigen Wartezimmers bildeten. Überflüssig zu erwähnen, dass dort bis jetzt noch niemand auf mich gewartet hatte. Die hoffentlich noch zahlreichen Schecks von Kommerzialrat Schieder waren momentan das Einzige, was mich über Wasser hielt.

Da mein Sinn für bildende Kunst eher unterentwickelt war, hatte ich bei der Ausschmückung des Warteraums mit billigen, leicht stockfleckigen Stichen vom Flohmarkt versucht, so etwas wie den allgemeinen Geschmack der Österreicher zu treffen. Demzufolge hingen ein Heiliger-Hubertus-Hirsch, eine markige Gebirgsjäger-Szene von der Isonzo-Front und ein Porträt von Peter Alexander als Kellner im „Weißen Rössl" dort. Unter der Budel wäre mir auch noch eine unbeholfene Darstellung marschierender SA angeboten worden, aber so perfekt wollte ich den Geschmack meiner Landsleute dann auch wieder nicht treffen.

Im Zimmer dominierte aber vor allem ein wuchtiger, ehedem schwarzer, nun sehr abgestoßener und abgeblätterter, also eher dalmatinerfarbener Schreibtisch, den ich schon vor Jahren am Flohmarkt erstanden hatte und der beinahe die Hälfte des Raumes einnahm. Bis auf einen Notvorrat an Mozartkugeln und Mannerschnitten sowie einen Ordner mit unbezahlten Rechnungen, Mahnungen und Drohbriefen von diversen

Inkassobüros war er leer. Ein schmales Wandbord mit ein paar Taschenbüchern von Nathanael West, Musil, Büchner und mit einem in seiner Praxisferne fast schon rührenden Handbuch der Kriminalistik, das alle Teilnehmer des Handelskammerkurses für angehende Privatdetektive erhalten hatten, gab es auch noch.

Dahinter begann mein Privatbereich, der im Wesentlichen aus einer Wohnschlafküche, im Unwesentlichen aus Bad und WC in einem bestand. Meine Weinsammlung, darunter einige solide Rote aus dem Médoc, ein paar interessante Italiener und einzelne Jahrgänge aus den Rieden um Eggenburg und Röschitz, bewahrte ich in einem Regal unter dem Waschbecken in meinem fensterlosen Minibad auf. Die Einbauküche war aus ein bisschen Sperrholz und ein bisschen Spucke handgefertigt und jede Woche brachen eine Lade oder ein Kästchen auseinander oder ein paar Schrauben oder eine Leiste heraus.

Ich trieb ganze Hekatomben neuer Schrauben und Nägel und Klammern in die dünnen Spanplatten, aber das Ganze war insgesamt so fragil, dass ich nicht mehr darauf ab- und einstellen konnte als ein paar Tassen, Teller, etwas Besteck und vielleicht noch ein Säckchen Kürbiskerne. In einem aufgegebenen Schuppen hinter dem Haus hatte ich einen Tapezierertisch entdeckt, den ich an Ort und Stelle abbeizte und frisch lackierte. Er war mir hinfort in meiner Wohnschlafküche Esstisch und Vorratsraum in einem. Ansonsten wurde das Zimmer so ziemlich von einem einfachen Kleiderschrank und dem geerbten, altdeutschen Ehebett meiner Großeltern dominiert. Darüber hinaus besaß ich keine Spargelzange, keine Kommodenuhr, kein Teeservice, keine Krawattennadel, keinen Nadelstreifanzug, keine Sammlung von Damenslips, keine Zuckerzange, keinen Kaschmirschal, kein Designer-Fondue-Set, keinen Laptop, kein Bidet, keine Aktien und keinen Ferrari, aber Ideen hatte ich. Jede Menge.

18

Zum Frühstück hatten sich in meiner Einbauküche nur mehr ein paar marokkanische Chips mit Rosmarin gefunden, ein halbes Säckchen übrig gebliebene Semmelbrösel, etwas, das wie vertrocknete Rosinen aussah, und etwas, das mit ziemlicher Sicherheit Rohrzucker war. Also schluckte ich nur meinen Ärger darüber hinunter, dass ich verschlafen hatte. Es war bereits nach zehn Uhr. Aber andererseits lag mein Auftraggeber sicherlich auch noch im Bett. Matter Scherz, Miert.

Auf Elektrorasierer so ziemlich aller Marken reagierte ich mit roten Pusteln und Flecken auf den rasierten Partien, mit dem Nassrasierer schnitt ich mich regelmäßig unterhalb der Nase und auf meinem nicht unmarkanten Kinn. Also ließ ich die Rasur wieder einmal bleiben und begab mich mit meinem jungen Ziegenbart unter die Dusche. Die verfügte diesen Morgen zwar über genügend Wasser, allerdings reichte das Warmwasser wie gewöhnlich nur dazu, die Partien meines Körpers mit Seife zu reinigen, die es am nötigsten hatten. Ich war mein Leben lang nicht auf Samt und Seide gebettet und hielt schon etwas aus, aber wenn ich etwas hasste auf dieser Welt, dann war es eine kalte Dusche. Also wartete ich eine halbe Stunde, bis der Boiler wieder etwas Wasser gewärmt hatte, und durchlief dann eine zweite Schönheitsschleife.

Die Detektive in den Fernsehserien bekamen es nie mit verrußten Zündkerzen oder gar mit verstopften WCs zu tun. Nie wurde ihnen schlecht von einem verdorbenen Eiaufstrichbrot und immer fanden Sie wenigstens ein frisch gewaschenes, gebügeltes Hemd in ihren wohlgeordneten Schränken vor.

Sie erhielten keine Mahnungen und Drohbriefe von Inkassobüros und mussten sich nicht mit kaputten Kaffeemaschinen, Radios und Fernsehern herumschlagen. Nie verloren sie ihre Haustorschlüssel und die Beherrschung angesichts von Ameisenstraßen und Mehlwürmern in der Küche. Ihr Leben war bis auf die üblichen beruflichen Zores so problemlos wie das Dasein einer guten Fee. Ein bisschen beneidete ich sie und hätte mich auch gerne für Peter Pan gehalten, aber andererseits, dachte ich, wer will als Kunstfigur in einer Plastikwelt leben. Wenn ich mir schon in den Finger schnitt, dann wollte ich auch Blut aus der Wunde saugen.

19

„Na, wen suchen wir denn?", fragte die Hilfspflegerin im giftgrünen Kittel, die gerade den nackten Metallrahmen des Bettes, in dem Helga Kafka gestern noch gelegen hatte, mit einer Desinfektionslösung abrieb. Es roch scharf nach Chlor und Alkohol.

Ansonsten war Zimmer 17 bis auf ein weiteres Bettgestell leer.

„Eigentlich sozusagen den Inhalt dieses Bettes", murmelte ich etwas verwirrt.

„Die Matratzen? Die Bettdecken? Den Polster?", ließ sich der Stationshilfsdienst, offensichtlich froh über die Arbeitspause, auf einen Plausch ein.

„Nein, meine Gattin, Helga Kafka." In meinem Beruf lügt man so automatisch, wie andere Leute einen Straßenbahnfahrschein lösen, eine Zeitung kaufen oder einen Schwächeren treten.

„Die ist heute früh nach der Visite entlassen worden. Wir haben uns schon gewundert, warum niemand da war, um sie abzuholen."

„Ich hatte Schicht", log ich noch einmal und wollte mich schon davonmachen, stellte dann aber doch die Parzivalfrage: „Wo ist die andere Dame?"

„Die ist heute Nacht gestorben. Embolie. Der Nachtdienst konnte nichts mehr machen."

Das Schöne an den Fernsehkommissaren war, dass sie ihre Zeugen und Informanten immer gleich parat hatten. Immer und überall. Harry fuhr den Wagen vor und schon ging es zur richtigen Adresse und es war auch immer jemand zu Hause, wenn sie an der Wohnungstür klingelten. Und wenn nicht der Mordverdächtige selbst öffnete, dann wenigstens der Schwiegervater oder die Tochter, die auch gleich hochwichtige, interessante Angaben zu machen hatten. So war es natürlich eine wahre Lust zu arbeiten. Im wirklichen Leben dagegen hatte man es eher mit dem Homo movens zu tun, die Leute hatten keinen ruhigen Hintern und waren immer gerade dort, wo man selbst sich nicht befand.

20

Ich setzte meine Zen-Übung zur Krankenhaus-Eingewöhnung fort, indem ich mich ins Besuchercafé im Erdgeschoss begab und dort ein Mozzarella-Sandwich bestellte. Das Lokal nannte sich „Zur Erstversorgung", was ich an einem besseren Tag wahrscheinlich witzig gefunden hätte, ein bisschen wenigstens.

Die Bedienung, eine schlampige Blondine in einem weißen Ärztekittel, blickte mich zweifelnd an, als sie mir das zweifelhafte Sandwich brachte. Der Mozzarella war steinhart und quittengelb und roch, als wäre er nicht aus Büffelmilch, sondern aus einer anderen Körperflüssigkeit des Tieres hergestellt worden.

Wenn ich noch etwas hasste auf dieser Welt außer ungenießbaren Käse und lauwarmen Weißwein, dann war es ein Fall, bei dem ich nicht einmal die zweite Geige, sondern höchstens die vierte Bratsche spielte.

Wenn sogar schon ein Humpelstetter zum Fahnder mutiert war! Andererseits nährte dieser Fall seinen Mann. Und wann konnte man sich im Leben schon etwas aussuchen? Ich hatte ja auch um meine Geburt nicht gebeten, jedenfalls meines Wissens nicht explizit, und auch nicht um diese dünnen, seltsamen Pferdesprungschuhe, die im Turnunterricht in der Volksschule obligat waren, und um gefüllte Paprika in Paradeissauce, die ganz und gar nicht nach Paradies schmeckte, um Lateinunterricht und die grüne Uniform während meiner ersten Jahre im Wiener Sicherheitsbüro und Hämorrhoiden und Oberleutnant Gabloner.

Ich legte ein bisschen Münzschotter auf den Tisch und ging.

21

„Ich würde gern noch einmal mit Frau Kafka über ihre Tochter sprechen. Ich war gestern schon einmal da."

Das Erste, was mir in der Daniel-Gran-Straße aufgefallen war, war, dass der Würstelstand-Wohnwagen fehlte. „Harrys Haaße" blieben heute kalt. Das Zweite war der ferrarirote, aufgemotzte Camaro vor dem Häuschen von Helga Kafka. Als ich dort gegen den Wellplastik-Windfang klopfte, öffnete nach geraumer Zeit nicht die Hausbewohnerin, sondern ein Mann: Willi hatte gelbe Augen und irgendeine Hautkrankheit, die sein Gesicht tizianrot gegerbt hatte. Ansonsten war es ein leeres, aber hartes Gesicht. Die Art von Härte, die man sich in den Arresten von Bezirksgerichten erwirbt. Er trug eine weißgrüne Trainingshose und ein schwarzes Netzhemd über einer weißen Hühnerbrust. Er war kleiner und älter und verkommener als ich.

Willi sah mich fragend an.

„Der Mann mit der Rettung“, setzte ich nach, „praktisch habe ich ihr das Leben gerettet.“

„Die Hetschi wird mit niemandem mehr sprechen, verstehen Sie! Mit niemandem, bevor nicht Kohle auf dem Tisch liegt!“

„Wer sagt das?“, fragte ich. Dabei wusste ich, dass das der Mann sagte, der angeblich seine elfjährige Stieftochter an irgendwelche pädophilen Geilspechte vermietete.

Willi antwortete nicht. Starrte mich nur mit seinen gelben Augen an und machte keinerlei Anstalten, mich in das Haus zu bitten.

„Warum haben Sie beide Helenes Verschwinden so spät gemeldet? Eine Anzeige mit einem Tag Verspätung ist im Fall einer Elfjährigen nicht gerade Eilzugstempo.“ Einfach weiterreden. Das war schon immer mein Motto.

„Das Luder war sowieso nie zu Hause. Hat sich in der ganzen Stadt herumgetrieben. Ist nächtelang in der Disco herumgeflogen, das geile Ding.“

„In welcher Disco?“ Weiterreden, immer nur weiterreden, auch wenn man dem Gegenüber am liebsten das Jochbein zertrümmern würde.

„Was geht Sie das an?"

„In welcher Disco?", beharrte ich und machte – nicht ganz ernst gemeinte – Anstalten, die Wohnungstür weiter aufzudrücken.

„Im ‚Fit' vor allem." Hühnerbrust-Willi war einen kurzen Schritt zurückgetreten. Meine Massigkeit war manchmal doch für etwas gut.

„Wo noch?"

„Was weiß ich?! Ich bin ja Gott sei Dank nicht der Vater!"

„Hatte Helene Freundinnen?"

„Legen Sie endlich Kohle auf den Tisch, dann erzähle ich Ihnen einen ganzen Roman. Ansonsten scheren Sie sich weg!" Damit zog sich Willi hinter die Eingangstür zurück und schlug diese krachend zu.

Vor hundert oder mehr Jahren war ich ein harter, aber unfairer Mittelstürmer gewesen und der Jugendtrainer des damaligen Tabellenschlusslichtes in der Regionalliga schätzte meine englische Spielauffassung, die aber auch hin und wieder einen lädierten, gegnerischen Tormann nach sich zog. Fußball war eben Krieg. Mein Idol war Hrubesch Horst gewesen, das Kopfballungeheuer, ein kräftiger Deutscher mit großer Birne, den heute keiner mehr kennt. Als ich mit achtzehn kurz davor stand, bei einem Wiener Zweitligaklub als Profi unterzukommen, hatte sich einer der von mir gefoulten Torleute in meinem letzten Harlander Heimspiel revanchiert, indem er mein Knie eintrat wie eine leere Bananenschachtel. Spätestens beim Pathologie-Sezierkurs im Elisabethspital gleich hinter dem Wiener

Westbahnhof wurde mir dann klar, dass ich als praktizierender Arzt einen eigenen Friedhof gebraucht hätte. In den Jahren danach bei der Wiener Polizei bin ich höchstens dadurch aufgefallen, dass ich nicht in fremde Kaffeekassen und nicht in die Unterwäsche von Inhaftierten gegriffen und mir nicht mehr habe bezahlen lassen, als auf meinem Gehaltsstreifen ausgewiesen stand. Mein Abgang – sozusagen in die Privatwirtschaft – war unrühmlich gewesen und von kaum jemandem bemerkt worden.

Jetzt versuchte ich vermittels des spektakulären Auftrages von Kommerzialrat Schieder zum vierten Mal Fuß zu fassen und so ein großkotziger Dreckskerl wie dieser Willi hatte anscheinend vor, mich zu verladen!

22

Ein Haufen Hochhäuser und Schnellstraßen, hastig hochgezogene Einkaufszentren, alte, schmutzige Industriegemäuer, ein bisschen lädiertes Barock, ein Rest an Biedermeier und Neugotik und alles andere Stahlbeton und Plattenbauten, dazwischen unbeholfen behübschte Beserlparks und überall Plakatständer und Plakatwände mit dem schönen Leben darauf. Die Stadt war so gewöhnlich wie Kreuzschmerzen, verfügte aber über drei Autobahnabfahrten. Wer sie wann wozu gegründet hatte, wusste niemand und wollte auch niemand wissen. Die meisten Bewohner waren hierher gespült worden wie weggeworfene Eierschalen in den Ausguss. Einst große Hoffnungen, nun ein halb abbezahltes Reihenhaus in Harland.

Die Daniel-Gran-Straße passte perfekt in dieses Bild. Das Einzige, was mich an dieser Straße interessierte, war der alte, rote Camaro. Ich hatte beschlossen, hier so lange zu warten, bis der Besitzer, vermutlich oder hoffentlich Willi, sein Gefährt wegbewegte und ich ihm irgendwohin folgen konnte, vielleicht bis zu seiner Wohnung. Und vielleicht führte er mich zu dem Ungeheuer, dem er die kleine Kafka verkauft hatte.

Ich kann kein Auto mit einer Haarnadel knacken, nicht einmal mit einer ganzen Sammlung von Inbusschlüsseln. Ich kann kein Rad schlagen, keine Fremdsprachen, jedenfalls nicht wirklich, ich kann keine Staubsauger reparieren oder gar Brot backen, ich habe kein Talent zum Aquarellieren und zum Belcanto, ich habe kein Geld am Konto und nur wenig in der Tasche, aber zäh bin ich, zäh und hartnäckig wie die Krätze.

In meinem Granada hatte ich alles, was man für eine Observation benötigte. Mozartkugeln, die abgesägte Schrotflinte aus Opa Mierts Beständen und ein Autoradio, auf dem man noch Eisendioxid-Musikkassetten abspielen konnte. Die Travelling Wilburys zum Beispiel und Gershwin und Dvořáks Symphonie in e-Moll. Fast eine Stunde lang hörte ich mit Hilfe der Repeat-Taste „End of the Line“ und starrte auf den Camaro, der sich allerdings ebenso wie die Kafka'sche Haustür keinen Millimeter bewegte.

Ich wusste, dass ich anachronistisch war, weil ich

lieber allein arbeitete. Aber ich liebte eben das absolut harmonische Betriebsklima, da ich nur selten mit mir in Streit geriet. Auch Mobbing war kein Thema für mich. Allerdings, wenn man immer allein war, putzte man manchmal einen ganzen Nachmittag lang saubere Schuhe. Wenn man allein war, schlief man immer wieder vor dem Fernseher ein, meistens bei maltesischen Fußballübertragungen, japanischen Comedyshows und italienischen Quizsendungen, bei denen man glücklicherweise kein Wort verstand. Wenn man allein war, hatte man plötzlich Lust auf eine serbische Bohnensuppe, auf eine Partie Schach oder darauf, mit dem Kopf gegen die Zimmerwand zu rennen.

Vielleicht hätte ich diese Zustände mit Miranda heilen können, vielleicht auch nicht. Aber wenn niemand auf einen wartete, konnte man getrost einen ganzen Nachmittag sinnloserweise darauf warten, dass sich ein alter Chevrolet endlich einmal von der Stelle bewegte. Nicht Kreuzverhöre, Nahkämpfe und Schusswechsel machten meinen Beruf aus, sondern das Warten, endloses Warten.

23

„Hallo?“ Ich meldete mich prinzipiell nicht mit Namen am Telefon. Es könnte ja die Handelskammer am Apparat sein, der ich noch immer die Gebühr für die Anmeldung meines Gewerbes schuldete.

„Haben Sie eine Waffe?“

Als erste Frage einer mir völlig unbekannten Anruferin war das ein bisschen steil. Auch wenn es der Stimme nach nur eine harmlose ältere Dame sein mochte.

„Ich bin verkühlt."

„Haben Sie nun eine Waffe oder nicht?"

„Ich sagte Ihnen doch schon, dass ich ziemlich verkühlt bin. Meine Bazillen würden derzeit jeden Angreifer in die Flucht schlagen. Problemlos." Dank Kommerzialrat Schieder konnte ich es mir im Moment locker leisten, rotzfrech zu sein.

„Als Detektiv haben Sie doch sicher auch eine Schießausbildung absolviert?"

Wenn mich am Telefon jemand, der sich noch nicht einmal vorgestellt hatte, so penetrant auszufragen begann, wurde ich misstrauisch wie ein Karpfen in einem Teich voller Hechte.

„Mit der Glock, mit dem Sturmgewehr, mit allem, was Sie wollen. Mittlerweile bin ich zwar etwas aus der Übung, aber ich treffe auch heute noch alles, was sich nicht bewegt und nicht weiter als zwei Meter von mir entfernt ist, einen abgestellten Autobus zum Beispiel."

„Wissen Sie, ich frage deswegen, weil es ein sehr gefährlicher Auftrag wäre." Die seltsame Anruferin ließ sich offenbar mit nichts in die Flucht schlagen, nicht einmal mit Ironie.

„Was für ein Auftrag?" Das Wort „Auftrag" machte mich ein wenig neugierig. Eine Art Berufskrankheit.

„Aber ich kann Ihnen doch nicht über das Telefon ..."

„Ich verwende eine absolut abhörsichere, digital zerhackte Designer-Sicherheitsleitung", entgegnete ich großspurig. Reiner Schmonzes natürlich. Wer würde sich schon die Mühe machen, einen Provinzschnüffler wie mich abzuhören?

„Aber bei einer Handynummer ..."

Guter Einwand. Ein Handy konnte im Prinzip von jedem durchschnittlich begabten Bastler mit Hilfe eines simplen UKW-Radios und ein paar billiger Bauteile abgehört werden.

„Ich verwende natürlich eine Spezialausführung, man muss die Signale nur entsprechend codiert ins Netz übertragen. Nicht zu knacken, selbst der Mossad ..." Manchmal schäme ich mich fast, so unverschämt zu lügen. Aber immer nur höchstens zwei Sekunden lang.

„Ich glaube, ich komme doch lieber morgen in Ihrem Büro vorbei."

„Wie war doch gleich noch einmal der werte Name?" Dabei hatte die Anruferin ihren Namen gar nicht genannt.

„Der tut nichts zur Sache. Ich komme ja sowieso vorbei."

Und dann legte sie einfach auf.

24

Schinkenfleckerl hätte ich jetzt gern gegessen oder geröstete Leber oder ein Beuschel oder ein Surschnitzel oder einen Bauernschmaus oder Rindsrouladen mit Spiralnudeln und viel Saft oder eine gefüllte Gans mit

Rotkraut und einen Kaiserschmarren mit Zwetschkenkompott als Nachtisch. Von einem Feldhasen in Wurzelsauce oder Teichkrebsen im eigenen Saft mit Minze und Zitrone ganz zu schweigen, aber es gab nur eine schmierige Grillstube rund hundert Meter von meinem Standort entfernt.

Bis eins wehrte ich mich verbissen gegen den Hunger, bis zwei tapfer und bis drei Uhr am Nachmittag heldenhaft. Dann verließ ich den Granada und begann die Straße entlangzurennen, einer heißen Burenwurst mit scharfem Senf entgegen, weil ich bei der Grillstube keinerlei freie Parkplätze entdecken konnte. Als ich dort leicht hechelnd ankam, rauschten Hetschi Kafka und ihr famoser Willi in dem roten Angeberauto an mir vorüber.

Das Gewitter war ausgeblieben, hatte seine bengalische Vorstellung nicht gegeben, aber ein Teil seiner Energien war irgendwie noch da. Die Luft schien zu platzen, der Himmel in Falten herunterzuhängen, eine heftige Stille wie nach einem Totschlag. Fußgänger sprangen nervös von den Gehsteigen auf die Fahrbahnen, selbst Fahrer gewöhnlich lammfrommer Gefährte wie Käfer oder Nissan Micra Mouse reagierten plötzlich hektisch und probierten haarsträubende Manöver und die Bäume und Sträucher am Straßenrand sträubten alle Blätter. Im Übrigen war es noch immer so warm, dass ich am liebsten mit Kölnischwasser geduscht hätte.

25

„Da haben Sie aber Glück, dass Sie mich noch erwischen. Normalerweise ist bei uns früher Schluss."

Die Direktorin der Wilhelm-Miklas-Hauptschule balancierte eine hoch auftoupierte Frisur auf ihrem Kopf und saß kerzengerade an einem nachgemachten Empire-Schreibtisch in einem Direktorenzimmer, das größer war als die Wohnung von zwei arbeitslosen Familien. Die Schule war nach einem Bundespräsidenten benannt, der Österreich in seiner Amtszeit in zwei Diktaturen rutschen gesehen und nichts dagegen unternommen hatte. Ihr dunkelblaues Kostüm mit dem neckischen weißen Seidenschal sah nicht nach Pflichtschullehrerin in einer Provinzhauptstadt, sondern eher nach Diplomatischem Korps aus. Mindestens. So träumte sich eben jeder, wie er konnte, über seine Verhältnisse. Sie war etwa fünfzig und hart wie Gussstahl, der in Eiswasser zum Erkalten gebracht worden war. Ich wusste, dass sie von einer Partei in ihre Funktion gebracht worden war wie alle Schuldirektoren Österreichs und dass sechzig bis siebzig Prozent ihrer Schüler diese pädagogische Anstalt verließen, ohne lesen, schreiben oder rechnen zu können, um frisch, fröhlich, frei zum Lumpenproletariat des 21. Jahrhunderts heranzuwachsen.

„Ich frage mich aber, warum Sie sich in der Sache Kafka überhaupt hierher bemüht haben. Schließlich war doch schon die Polizei da und jemand von einer Detektei, ein Herr Campa, glaube ich."

Es hatte mich ein paar Euro für den Schulwart gekostet, um zu ihr vorzudringen. Eine Schule war schließlich keine Festung. Nichts und niemand war sicher – vor meinen Fragen.

„Für mich ist das keine Sache. Außerdem ist einem Tüftler wie mir ein kaputtes Radio lieber als ein funktionierendes, wenn Sie verstehen, was ich meine."

„Ehrlich gesagt, nein, und ich kann Ihnen nicht einmal mit Helenes Klassenlehrerin dienen, die Kollegin ist derzeit auf Fortbildung."

„Wo?"

„In Sickingen. Oder in Ulm."

„Sickingen? Wo liegt das?"

„Auch in Deutschland, nehme ich mal an."

„Sie nannten das Kind vorhin beim Vornamen? Haben Sie sie vielleicht näher gekannt?"

„Wir nennen alle unsere Schüler beim Vornamen. Und umgekehrt."

„Unsere? Sie haben Helene auch unterrichtet?"

„Ja, neben meiner Leitungsfunktion unterrichte ich noch ein wenig. Geographie. Helene war ein ruhiges, sehr stilles Kind. Nicht eigentlich brav, sondern verstockt."

„Was heißt verstockt?"

„Unsere Schüler verwandeln regelmäßig die Bänke in Spreißelholz, zerschlagen die Stühle, montieren die Wasserhähne ab, zerdeppern die Fliesen in den Toiletten, bedrohen die Kolleginnen und Kollegen und greifen den Schulwart tätlich an. Das alles hat die kleine Kafka nicht getan."

„Was hat sie denn getan?“

Die propere Direktorin hielt inne. Bedauerte sie, überlegte ich, jetzt schon ihre Offenheit?

„Ich hoffe, Sie bedauern Ihre Offenheit nicht, aber es könnte sich immerhin um ein Kapitalverbrechen handeln! Was hat die kleine Kafka getan?“

„Nein, mir ist schon klar, immerhin, Herr Kommerzialrat Schieder ...“

„Was hat die Kleine gemacht?“

„Nichts, buchstäblich nichts, das ganze Jahr, das sie bei uns verbrachte, hat sie nichts getan. Sie ist auf ihrem Stuhl gehockt, Stunde um Stunde, und hat nichts gesagt, nichts getan, absolut nichts!“

„Auch wenn das jetzt eine ziemlich blöde Frage ist: Halten Sie das für normal?“

„Als erfahrene Pädagogin sage ich Ihnen: Was ist bei Kindern schon normal?“

„Hatte sie Freunde in der Klasse?“

„Wie soll das gehen, wenn man keinerlei Aktivitäten setzt, nicht einmal selbsttätig aufs Klo geht?“

„Hat sie manchmal jemand von der Schule abgeholt?“

„Über neunzig Prozent unserer Kinder haben kein intaktes Elternhaus mehr. Die werden niemals von der Schule abgeholt, die nicht!“

Unsere Gesellschaft produziert Handys, telegene Erhabenheit, immense Butterüberschüsse und noch mehr Gleichgültigkeit, dachte ich, ein Meer an Gleichgültigkeit.

26

Ein langer, schwerer Mercedes rollte einige Meter neben mir her, als ich auf dem Gehsteig vor der Schule zu meinem in der Seitengasse abgestellten Klassiker zurücktrottete. „Dreht hier irgendwer einen Film?“, dachte ich.

Zum Glück hatte ich das absolut unauffällige Wiener Nummernschild „Gamper 1“ aus dem linken Augenwinkel bemerkt.

„Sie müssen der fabelhafte Marek Miert sein.“

Die Fensterscheibe auf der Beifahrerseite hatte sich lautlos heruntergeschoben. Zum Vorschein waren ein vom Sonnenstudio dunkelbraun gebeiztes Pockengesicht, eine wasserstoffblonde Föhnfrisur und der Brustkorb eines litauischen Heldentenors gekommen. Und erst diese Stimme, eine Stimme wie in Glas gegossene Herpesbläschen!

„Und Sie müssen sich im Film geirrt haben, Gamper eins oder Gamper zwei.“

Die Föhnfrisur lächelte wie Buster Keaton. „Ich höre, dass Sie in der Sache Helene Kafka ganz schön weitergekommen sind, Miert! Respekt!“

„Ich weiß schon, dass im wirklichen Leben Gerechtigkeit nur ein Wort aus einem Kreuzworträtsel ist, aber für mich ist das mehr als eine Sache.“

„Darüber sollten wir reden!“

„Wie viel zahlen Sie der Direktorin, damit sie Ihnen den Spitzel macht?“

„Ich weiß zwar nicht, was Sie konkret damit meinen, aber auch darüber könnten wir reden, wenn Sie unbedingt wollen."

„Wie weit sind Sie eigentlich in der ‚Sache' gekommen?"

„Auch darüber sollten wir reden. Ich lade Sie zum Essen ein. Zu einem kollegialen Arbeitsessen. Steigen Sie ein! Na los, kommen Sie schon!"

„Wenn Sie mich zum Essen einladen, müssen Sie vorher einen Kredit aufnehmen. Sagen Sie später nicht, ich hätte Sie nicht gewarnt."

Ich hatte zwar in der Grillstube eine Burenwurst mit Estragon-Senf und Pfefferoni und zwei Teufelsroller als kleine Happen a posteriori verzehrt, aber wenn ich ehrlich war, konnte ich eigentlich immer essen, zu jeder Tages- und Nachtzeit.

27

Nur ein Tisch war besetzt, und zwar mit einem etwa 22-jährigen, schmalen Burschen, der jederzeit die Hauptrolle in „Psycho V" gekriegt hätte. Locker. Er sah aus, als wäre er vor einer Stunde im Schlaf gestorben: durchsichtig wie ein Stück Butterbrotpapier, das man gegen das Licht hielt. Er trug einen schwarzen Designeranzug, der vermutlich so teuer war, dass er schon wieder gekonnt nach Konfektion aussah, und dazu absolut passende schwarze Lackschühchen. Gazehandschuhe und ein Monokel oder eine Sonnenbrille hatte er sich wohl im letzten Moment verkniffen.

„Das ist mein Sohn Herbert, mein Assistent“, erklärte Gamper, der selbst übrigens nur angezogen war wie ein mittlerer Manager einer alteingesessenen Konservendosenfabrik. „Er hat die Lage sondiert. Ich gehe nie wo rein, ohne dass das vorher gecheckt wird!“

Auf Herberts Tischchen stand ein leeres Fläschchen Perrier und auf einem Teller daneben etwas für mich Undefinierbares in allerlei Grüntönen.

„Sollten Sie auch probieren: Avocado im Sesammantel auf Kressemousse“, sagte Herbert zu mir.

„Meine Beziehung zur Natur besteht vor allem darin, dass ich keine Tomaten mag“, antwortete ich.

Gamper hatte in Harlands einziges Haubenlokal, das „Chez nous“ am Domplatz eingeladen. Nicht nur die Preise waren dort bedeutsam, auch die Kellner, die weißen Tischchen und Sesselchen aus skandinavischer Designerhand, das zerbrechlich wirkende Besteck und die winzige Gaststube, die früher eine chemische Reinigung beherbergt hatte.

„Noch immer damit beschäftigt, bulgarische Maurer vom Gerüst zu stürzen?“, eröffnete ich das Geplänkel, nachdem wir uns zu Herbert gesetzt hatten, wobei ich mir nicht sicher war, ob das Sesselchen meinem Kampfgewicht gewachsen sein würde.

Die Mannen von Gamper & Gamper waren relativ oft in den überregionalen Zeitungen zu bewundern, wie sie im Auftrag der Bauinnung halbverhungerten rumänischen Spenglern ohne Arbeitsbewilligung Handschellen anlegten. Diese Baustellen-Festnahmen durch Privatdetektive waren an sich zwar illegal, aber in den Medien gern gesehen. Gamper & Gamper waren dadurch zum Marktführer unserer Branche im Osten Österreichs aufgestiegen.

„Was dagegen, Schwarzarbeiter dingfest zu machen?“, entgegnete Gamper.

„Nun hetzen Sie ja auch schon illegale Flüchtlinge an der ungarischen Grenze. Sicher ein fetter Auftrag; immerhin ersetzen Sie und Ihre Mannen, so hört man jedenfalls, ein halbes Panzergrenadierbataillon.“

„Wir können nicht klagen.“

„Die Insel der Seligen leckt. Vorige Woche hat ein Grenzgendarm einer Bulgarin mit einem Kleinkind im Arm durch den Hinterkopf geschossen und es wird voraussichtlich nicht einmal eine Untersuchung über die Rechtfertigung dieses Waffengebrauches geben. Wann sind Sie so weit?“

Durch das Erscheinen des Kellners war Gamper einer Antwort enthoben.

Der voll im Trend liegende Sicherheitsunternehmer bestellte auf Französisch für uns beide. Ich war nicht undankbar dafür, die Speisekarte schnell wieder zuklappen zu können, denn bei mir hatte es nicht einmal zu richtigem Englisch gereicht, nur zu so einer Art Pidginenglisch, bestenfalls geeignet zur Kommunikation mit Straßenhändlern in der Dominikanischen Republik.

„Übrigens, recht viel dürften Ihre paar tausend Flugzettelchen aber nicht gebracht haben, sonst säßen wir beiden Hübschen jetzt nicht hier.“

„Ganz im Gegenteil, wir konnten uns der Hinweise

gar nicht erwehren, besonders in den ersten beiden Wochen nach der Streuaktion."

„Wie schön für Sie! Und wenn das so ist, wo ist denn die Helene Kafka derzeit aufhältig?"

„Das wollte ich eigentlich Sie fragen."

Zum Glück wurde die Vorspeise auf das Tischchen gezaubert, pro Mann und Nase drei Stück Austern, dazu noch je ein Tellerchen mit geviertelten Limetten. Für Herbert gab es allerdings nichts weiter als noch eine Serviette, deren Faltung sicherlich eine gute Viertelstunde in Anspruch genommen hatte. Den Chauffeur hatte Gamper sowieso außen vor, sprich im Wagen gelassen.

So wie ich ihn einschätzte, würde Gamper, wenn es denn notwendig und zusätzlich noch halbwegs legal wäre, nichts dabei finden, einem Mann die Därme herauszureißen und die Darmschlingen dann an den nächstbesten Baum nageln zu lassen. Mitunter trägt der Teufel keine Fratze, dachte ich, sondern einen gutbürgerlichen Anzug und man geht mit ihm dinieren. Herbert brachte mich mit der simplen Feststellung „Sie essen ja gar nichts!" aus diesen dunklen Ahnungen wieder halbwegs in die Realität zurück.

Ich weiß nicht genau, dachte ich, wie Schleim schmeckt, und ich möchte es eigentlich auch gar nicht so genau wissen. „Tut mir leid, aber mein Säure-Basen-Haushalt ... Mein Arzt hat mir von Meeresfrüchten eher abgeraten", schützte ich vor.

„Schade, wirklich schade. – Kann ich statt ...?", fragte der Sohnassistent.

„Nur zu!“, antwortete ich und schob ihm das Tellerchen hinüber.

„Ich glaube, dass der Markt in Harland für unsere Branche immer interessanter wird“, bemerkte Gamper, der das ganze Manöver missbilligend beobachtet, aber nicht eingegriffen hatte.

„Besonders seit die Firma Schieder entsprechende Aufträge vergibt“, antwortete ich.

„Ich sehe, wir verstehen uns.“ Buster Keaton lächelte wiederum, allerdings sehr, sehr dezent.

„Ich weiß nicht einmal, ob Sie Gamper eins oder Gamper zwei sind, und da sollen wir uns schon verstehen?“

„Ach ja, natürlich, Edwin Gamper.“

„Der Jüngere?“

„Der Ältere. Ortwin ist der Jüngere.“

Herbert schrieb inzwischen auf einem kleinen Notizblock mit. Auch als der zweite Gang serviert wurde. Jeweils zwei kleine Melanzanischeiben mit einem grünweißen Batzen drauf.

„Was ist das bloß?“, dachte ich, kulinarischer Barbar, der ich war.

„Man könnte dazu Lauchsoufflee im Dialog mit heißen Auberginen auf Olivenölbasis sagen“, hatte Gamper, der Ältere, offenbar meine Gedanken gelesen.

„Was bekommen eigentlich Ihre Flüchtlinge zu essen, wenn Ihre Leute und Ihre Schweißhunde sie an der Grenze geschnappt haben?“, setzte ich das Geplänkel fort. Solche Leute wie Gamper nicht zu provozieren, ginge wohl über meine Kräfte.

Ich spießte beide Scheibchen auf einmal auf meine Gabel und ließ das Ganze mit einem Schnapper in meinem Mund verschwinden.

„Wir sollten uns nicht auf Nebensächlichkeiten konzentrieren“, versetzte Gamper, der gerade seine erste Melanzanischeibe nicht unelegant zerteilt hatte.

„Was ist Ihrer Meinung nach die Hauptsache?“

„Wir haben vor, in Harland ein eigenes Regionalbüro zu eröffnen, immerhin ist das eine Landeshauptstadt.“

„Soll ich jetzt vor Freude über die neue Konkurrenz einen Luftsprung machen, oder würde das den Kellner pikieren?“

„Das muss nicht unbedingt Konkurrenz bedeuten, wir suchen für unsere Regionalstelle nämlich fähiges Personal, ja eigentlich sogar einen Regionalleiter.“

Hoppla, dachte ich, der will dich kaufen, allerdings nur mitsamt dem Auftrag von Kommerzialrat Schieder. Jetzt hieß es einmal Zeit gewinnen, jedenfalls bis zum nächsten Gang.

„Vielleicht sollten wir, bevor wir weiterverhandeln, auf den nächsten Gang warten, der entspannt uns vielleicht ein wenig.“

„Ich werde das dumme Gefühl nicht los, dass Sie mich nicht ernst nehmen! – Was nehmen Sie eigentlich ernst?“

Irgendwie hatte Gamper ein ganz feines Gespür, das musste ich zugeben.

„Wenn Sie mich so plötzlich fragen, also ... Schopenhauer vielleicht. Oder das Wegputzen von Dreck, da bin ich ganz groß. Oder, wenn es jetzt beim Verdauen nicht zu pathetisch klingt, die Gerechtigkeit."

„Die Welt ist nicht auf Gerechtigkeit gegründet, sondern auf die schiere Entropie und allerhand Neurosen."

„Wer sagt das?"

„Freud oder Orwell oder vielleicht sogar Ihr Schopenhauer, wenn er den Begriff der Neurose schon gekannt hätte."

Und da wurde glücklicherweise auch schon der nächste Gang serviert, irgendetwas Grünes, Längliches, kunstvoll arrangiert mit Karottenstreifen und Kirschen. Kirschen? War das etwa schon die Nachspeise?

„Was ist denn das?", fragte ich vorsichtig.

„Wenn Sie sich die Mühe machen würden, das Filet anzuschneiden, würden Sie entdecken, dass es sich um Papageienfisch in einer blanchierten Fenchelkruste mit Vegetabilien der Saison handelt."

Diesmal gab es auch Wein dazu – ein grünes, dünnes Etwas, das dafür eiskalt serviert wurde. Ich ersparte mir den Blick auf das Etikett. Wahrscheinlich ein Yonne.

„Sie essen ja schon wieder nichts", bemerkte Herbert hoffnungsvoll.

„Da dürften wir leider ein eher unpassendes Lokal ...", meinte Gamper.

„Es liegt nicht an der Küche, dass ich Ihr Angebot ablehnen muss."

„Ich habe mich bei der Handelskammer erkundigt, Ihr Umsatz lag gegen null."

„Eben. Imperfekt. Lag. Jetzt sind andere Zeiten angebrochen."

„Warum lehnen Sie bloß eine solche Chance ab?"

„Das würden Sie nicht verstehen. Ich verstehe mich ja selbst nicht, in Zeiten wie diesen eine feste Stelle in den Wind zu schießen."

„Warum also?", insistierte Gamper.

„Wenn der Schieder-Auftrag abgehakt wäre, würden Sie mich vielleicht ins Gemüse, beispielsweise irgendwo bei Klingenbach schicken, um dort mit einem Nachtglas und einer Flinte irgendwelche verängstigten, verdreckten, verlausten, elenden, armen Hunde durch die Finsternis zu hetzen und ihnen alle Hoffnungen zu nehmen. Und das entspricht nicht meinem Sinn für Fairness, verstehen Sie, absolut nicht."

„Wir haben uns eingehend erkundigt – Sie dürften in der Vergangenheit zum Beispiel fünf, sechs Torleute mehr oder minder schwer verletzt haben. Ist das etwa Ihr Sinn für Fairplay?"

„Ich habe ja gesagt, dass Sie das nicht verstehen würden. Jeder dieser Leute hatte genauso die Chance mich zu verletzen, und einer hat es sogar getan, in erheblicher Weise. Nicht mehr und nicht weniger bedeutet für mich Fairness: die gleichen Waffen für alle Beteiligten, wenn Sie so wollen, für alle Kombattanten, wenn es denn schon zu einem Kampf kommen muss."

Buster Keaton hatte das Lächeln wieder aufgegeben, wohl für immer, und sagte nichts. Wahrscheinlich dachte er bereits leidvoll an seine Spesen bei der Sache.

„Wenn Sie jetzt die Freundlichkeit hätten, mich zur Schule zurück chauffieren zu lassen."

„Wir werden Sie nirgendwohin fahren!", versetzte

Gamper wütend, „nicht nach diesem Ergebnis, ohne Abschluss!"

„Ich wusste doch, dass ich mich absolut richtig entschieden habe, nicht für Sie zu arbeiten."

28

Auch aus den Häusern rund um den Domplatz waren sie nach und nach geholt worden, in Sommerkleidchen, in Wintermänteln, in den besten Schuhen, die sie besaßen, mit Koffern und Rucksäcken, aus diesen Häusern waren sie geholt worden, einzeln und ganze Familien, nicht immer im Morgengrauen, auch im freundlichen Licht eines Frühlingstages marschierten sie mit der Vorladung in der Tasche zum Sammelplatz, mit fahlen Gesichtern gingen sie, mit hängenden oder verkrampften Schultern und mit der großen Traurigkeit ihres Geschlechts, fast vierhundert waren geholt worden aus diesen und anderen Häusern im Lauf von ein, zwei Jahren und keiner, keiner hatte sie gesehen, wollte die gesehen haben, die später als Verschwundene bezeichnet wurden, abgemeldet ins Generalgouvernement, nach Riga, ins ferne Wilna, nach nirgendwo, verschwunden eben, und die sechzigtausend, die zurückblieben, ihre Freunde, ihre Nachbarn, ihre Kollegen, ihre Mitschüler, ihre Kunden, ihre Chefs, ihre Lehrer, ihre Schüler, ihre Bekannten, ihre Feinde hatten nichts bemerkt und schliefen weiter gut, verdauten gut, taten sich gütlich an dem zurückgebliebenen Geschirr, der Bettwäsche, dem Besteck, den Fahrrädern, den Vasen, Gläsern und Tellern, den Tischen und Sesseln, den Anzügen und Mänteln, den Schuhen und Stiefeln, den Kästen und Kommoden, den Spiegeln und Bildern, dem guten Porzellan und dem schlechten Steingut und an den Wohnungen sowieso und verdauten das alles gut und ließen sich keine grauen Haare wachsen und starben schließlich im Bett, und die Verschwundenen – Gott sei Dank, dachten die Zurückgebliebenen – blieben weiter verschwunden und wenn nach Jahren doch noch einer auftauchte, war alles verschwunden, nur die Grundstücke konnte man nicht gut verschwinden lassen, das Stück Boden bekam einer zurück, wenn er einen tüchtigen Anwalt hatte, oder auch nicht.

In diesen dunkelgrauen Gedanken, die mich mit einem Mal überkommen hatten, und in dem Moment, als ich die verblassenden Schatten der Verschwundenen hinter den Fensterkreuzen der alten Wohnhäuser fast zu sehen vermeinte, stand ich auf der abendlichen Kremsergasse und ging ein Stück von Helenes letztem Weg in entgegengesetzter Richtung zur Wilhelm-Miklas-Hauptschule, von der sie ausgegangen war.

All das provinzielle Barock und Biedermeier der Häuserfronten dieser Gasse war nur stehen geblieben, weil die Kinder und Kindeskinder der Bauherren kein Geld hatten, um die alten Kästen, die sie so schrecklich unmodern und hässlich fanden, niederzureißen und an ihrer Stelle etwas Neues zu bauen, Rokoko, Ringstraßenstil, Neugotik, Jugendstil, Bauhaus, Konstruktivismus und Le Corbusier, jeweils in den leicht verwässerten Formen der Provinz.

In all die historischen Fassaden hatte man schon vor Jahren und Jahrzehnten, als die Kremsergasse Fußgängerzone geworden war, große, rechteckige Löcher gerissen, für einen Importshop mit billiger spanischer Mode, ein Geschäft für Feng-Shui-Schuhe, einen Kürschner, einen nun leer stehenden italienischen Eissalon, eine Import-Parfümerie, eine auf Pfeifen spezialisierte Trafik, ein mittlerweile verlassenes Antiquariat, einen Juwelier, eine Modeschmuck-Boutique, eine wieder aufgegebene Schrauben-Handlung, die Filiale einer Drogeriekette, einen Pizza-Schnellimbiss, für eine inzwischen Pleite gegangene Fleischhauerei, einen Nobelfriseur, eine Jeans-Boutique, eine vor kurzem zugrunde gegangene Trachtenstube, die Filiale einer deutschen Reisebürokette, einen gestylten Handyladen, einen Herrenausstatter, eine längst verzogene Druckerei, einen Buchdiskonter und so weiter. Glas, Glas, Glas, Auslage an Auslage, Haus für Haus, und zwischen diesen Auslagen war die kleine Kafka gegangen und keiner hatte sie gesehen durch all das viele Glas. Auch am Riemerplatz und in der Schreinergasse nur beleuchtete Schaufenster in einer Fußgängerzone ohne Fußgänger und dann kam schon der Schillerplatz mit all seinen Geschäften, der spärlich befahrene Schulring und der große Park vor der dunklen Schule.

29

„Ich kann das nicht machen, Marek."

Mit Heinrich Böll hatte sich Wotapek schwer getan, mit Nestroy sowieso, aber auch mit der Trigonometrie und den unregelmäßigen Verben jedweder Sprache einschließlich seiner eigenen und den Kristallformen des Feldspats und mit Händels Oratorien und mit allem anderen. Aber er saß mit gesenktem, leicht gerötetem Kopf stur die acht Gymnasialjahre in meiner Klasse ab und hängte nach der mit Ach und Krach bestandenen Matura als einziger von uns allen eine Lehre an. „Karriere mit Lehre", hatte er damals gesagt, aber in Wirklichkeit hatte ihm das niemand so recht zugetraut, wahrscheinlich nicht einmal er sich selbst. Ich dagegen war nach Wien studieren gegangen und hatte ihn rasch und, wie ich meinte, endgültig aus den Augen verloren. Vor ein paar Jahren aber hatte ich ihn als kleinen Sachbearbeiter im Verkehrsstrafamt der Bundespolizeidirektion Harland sozusagen wiederentdeckt und ein- oder zweimal zum Essen eingeladen. Ein grobschlächtiger, nüchterner Mann mit Stirnglatze und langsamen Bewegungen. Er war verheiratet, aber nicht aufregend verheiratet, und weil seine Tochter eine Privatschule besuchte, konnte man bei ihm gegen geringe Gebühr anhand der Autonummern die Halter der jeweiligen Fahrzeuge erfahren. Man durfte ihn allerdings nur abends zu Hause anrufen, während der Dienstzeit ging gar nichts. Er war vorsichtig wie eine hochschwangere Ente.

„Schorsch, jetzt hör gut zu!“ Ich saß in der ledernen Dunkelheit vor der Miklas-Hauptschule im Wagen und hatte ihn mittels Anruf vom Handy in seiner abendlichen Häuslichkeit aufgestört. „Ich habe einmal wochenlang das halbe Bundesland nach der läufigen Frau deines Großonkels, des Friseurs, abgesucht, und als ich sie endlich mit Hilfe einer Bekannten in der Kirchenbeitragsstelle aufgespürt hatte, war er längst mit seinem Gehilfen zusammengezogen und wollte sie nicht mehr haben. Du weißt sicher noch, wer mich damals darum gebeten hat, wer mich in dieses Fiasko hineingezogen hat?!“

„Warum versuchst du es nicht wieder bei der Kirchenbeitragsstelle anstatt bei mir?“

„Die haben keine Autokennzeichen im Computer.“

„Aber versteh mich doch, Miert, ich kann in die Suchmaske nicht mehr einsteigen, ohne einen Bezug zu einem realen Vorgang herzustellen, sprich eine Aktenzahl anzugeben, die auch tatsächlich existiert. Das haben sie vor ein paar Monaten neu eingeführt.“

„Okay, was machen wir da? Was machen wir denn da?“

So knapp stand ich vor einem möglichen Anfangserfolg in diesem Fall, und mir fiel nichts, mir fiel verdammt noch einmal nichts ein!

„Marek“, ließ sich Wotapek plötzlich vernehmen.

„Ja?“

„Du könntest bei mir eine Anzeige erstatten. Geht auch telefonisch, jetzt gleich. Der rote Camaro könnte dich heute in der Daniel-Gran-Straße auf einem Zebrastreifen um, sagen wir, 15 Uhr 18 beinahe überfahren haben, als er in die Kerensstraße eingebogen ist. Dann könnte ich gleich morgen Früh einen Akt anlegen, einen regulären Akt, und den Halter des Fahrzeuges abfragen. Wie war das Kennzeichen gleich noch mal?"

„H Willi 1. Du bist grenzgenial!"

„Wir sind damit ..."

„... quitt! Absolut quitt!"

„Also, ich habe alles notiert und melde mich morgen Abend bei dir."

Im Gegensatz zu Wotapek warteten zu Hause kein gekühltes Bier auf mich, keine Hausschuhe, keine Extrawurst in Essig und Öl, kein Fernsehabend und keine Menschenseele. Ich war so frei, mich in weitere Ermittlungen zu stürzen. Oder auch ins Unglück. Wirklich zu Hause, hatte ich manchmal das Gefühl, war ich vielleicht nur in meinem Wagen.

Mit einem leisen Schmerz wie von einer vergessenen Wunde bei einem unvermuteten Wetterwechsel dachte ich an die kleine Kafka, als ich mit dem Granada von der Trautsonstraße in die Franz-Binder-Straße bog und danach Richtung Hauptbahnhof auf der Praterstraße dahinzuckelte. Rechts zogen die zerbröselnden, körperhöhlendunklen Fassaden von Zinskasernen aus dem neunzehnten Jahrhundert an mir vorüber, mit Branntweinstuben, Tauschboutiquen, modernen Antiquariaten für Bastei-Hefte und Pornomagazine, Viertelstunden-Hotels, Oben-ohne-unten-nichts-Bars in den Erdgeschossen. Auf dem anschließenden Gehsteig und zwischen den Rostlauben der Anrainer jede Menge Asphaltblüten in voller Adjustierung, dann die verkehrsreiche Straße und auf der anderen Seite eine ebenfalls randvolle Parkspur für Fernlaster, ein Abhang mit Gebüsch, in dem wie auch in den Lkws eifrig gebumst wurde, und danach die Gleisanlagen der Kremser Bahn. Gomorrha war nicht der Name einer Stadt, sondern einer Straße.

Jeder Zwölfjährige konnte in jeder Schule jedes Kraut und jedes Pulver kaufen. Jedes Jahr wurden jede Menge Ostblockteenager hierher verschleppt, um wie Caligula'sche Sklaven geschunden und wie Seife verbraucht zu werden. Jeder Nazi konnte hier sein politisches Hassgeschäft frei ausüben, ohne auch nur im Geringsten befürchten zu müssen, von der Staatsgewalt belästigt zu werden. Jeder anonyme Schwarzgeldkoffer konnte jederzeit ganz legal an jede Partei gehen. Jedes Jahr verschwanden jede Menge junger Körper mit schlechten Angewohnheiten oder einfach Pech und tauchten nicht einmal mehr als Fleischbrocken im Kanal wieder auf. – Was glaubte diese Gesellschaft eigentlich, wohin die Reise ging?

„Sie machen sich zu viele Sorgen, Sie verdammter Tugendterrorist!", hätte mir Gabloner sicherlich geantwortet, wenn ich ihm diese Gedanken je offenbart hätte.

30

Der Türsteher war nicht viel größer als eine Tomatenstaude, aber er hatte Schultern wie eine Lkw-Achse und zähe Augen.

„Wir sind hier kein Altersheim, Mann!“, sagte er leise, teilnahmslos, aber aufmerksam, sehr aufmerksam. Ein zweiter Mann, ein hünenhafter Bodybuilder mit einem Gesicht wie eine gebrauchte Stoßstange, trat überraschend fix aus der halbgeöffneten Tür und mir in die Gehrichtung. Beide trugen die üblichen schwarzen Lederjacken, schwarze T-Shirts und Jeans sowie abgefetzte Stoppelfrisuren mit viel Gel. Vielleicht eine Art Privat-SS.

Petzenkirchen war ein Kukuruzbauerndorf am zerfasernden nördlichen Stadtrand, das vor Jahren in Mode gekommen war und jetzt nur mehr von Wochenend-Wienern bewohnt wurde. Rund um die tipptopp renovierten Höfe wimmelte es von italienischen Jugendstil-Laternen, Thujenhecken und BMWs. Das Gerätehaus der ehemaligen Freiwilligen Feuerwehr war jetzt offenbar ein kleiner Supermarkt, das Gemeindehaus ein Ärztezentrum, nur für die Dorfkapelle hatten sie offenbar noch keine bessere Verwendung gefunden.

Das „Fit 4 Fun“ entpuppte sich als nachempfundener Tiroler Heustadel am Dorfrand, eine Designer-Scheune in der Größe einer kleineren, oberägyptischen Pyramide. Allein der Parkplatz war größer als der übrige Ort.

„Gute Aufgabenteilung. Sie können reden und der Kollege kann ... Ja, was kann Ihr Henker eigentlich?"

Die Stoßstange sagte erwartungsgemäß nichts, blieb stehen und verschränkte die Arme. Erst jetzt bemerkte ich die große Maglite-Stabtaschenlampe, die sie locker mit zwei, drei Fingern im Griff ihrer rechten Hand hatte – mit dem Gewicht der fünf Batterien eine Schlagwaffe, gegen die ein Polizeiknüppel ein Kinderspielzeug war.

„Machen Sie keine Geschichten, Mann. Sie kommen da nicht hinein. Wir sind voll mit Kids. Randvoll. Wir lieben die Kids."

„Schon mal was von sanitätspolizeilicher Aufsicht gehört? Vom magistratischen Bezirksamt Harland? Von EZS-ausscheidendem Küchenpersonal in der Gastronomie?" Was EZS bedeutete, wusste ich selber nicht, aber es hörte sich gut an.

„Schon mal was vom Lügenbaron gehört?" Die Tomatenstaude hatte ein gutes Gespür.

„Kein Baron, sondern nur der höchst bürgerliche Ingenieur Marek Miert von der hiesigen Gesundheits- und Wohlfahrtsverwaltung", sagte ich möglichst amtlich-dürr und überreichte dem kleinen, aber zähen Burschen einen hellblauen Lichtbildausweis mit Stadtwappen und allem Drum und Dran, den ich höchstpersönlich in einem Kopiershop aus zwei, drei meiner alten Impf- und Schulzeugnisse hergestellt hatte.

„Wenn Ihr Scherge sich nicht bald verzieht, komme ich in einer Viertelstunde mit der Gendarmerie wieder! Und dann bekommen Sie einen Kontrollbericht von mir, dass die Konzession Ihrer Chefitäten ganz schön wackelt!“ Es ist vollkommen sinnlos, zu Österreichern freundlich zu sein, um sie zu irgendetwas zu bewegen. Die reagieren nur auf Druck, auf Druck von oben.

Die beiden waren ein gut eingespieltes Team. Der Kleine wechselte nur Stand- und Spielbein – sonst konnte ich an ihm keinerlei Bewegung bemerken –, und schon trat sein hünenhafter Adlatus wort- und grußlos in den Schatten der Tür zurück.

„Ihren Ausweis retour, bitte schön.“

„Sie sollten sich öfter mal die Hände waschen, Hygiene, Sie verstehen?“

„Okay, Mann, was soll's?! Ich habe einen Fehler gemacht, aber Sie sind durch. Wenn mir öfters solche Sachen passieren, werde ich mich bei McDonald's um die Hygiene kümmern dürfen, als Ofenputzer, aber das ist mein Problem, okay?!“

31

Im Inneren des Kunststadels gab es einschließlich des Kellers fünf Ebenen, von denen ich erst zwei durchhatte, und jede Menge Kids, von elf aufwärts. Mein Alter war nicht einmal unter den zahlreich herumschwirrenden Hostessen und Kellnern vertreten. Auf allen Ebenen wurde etwas geboten, ich war schon in eine Schaumparty und in einen Miss-Wet-T-Shirt-Wettbewerb geraten, bevor mich der erste Kellner erwischte. Er trug etwas, das wie eine Mischung aus Tiroler

Trachtenanzug und einem Cocktailkleid von Elisabeth Taylor aussah. Erst allmählich kam ich dahinter, dass dies die Dienstkleidung des Servierpersonals war.

„Hallo!“ Ein strahlendes, professionelles Lächeln Marke Unterhaltungsindustrie.

„Grüß Gott.“ Ich war halt etwas konservativ.

„Fit for Fun? Lust auf erotisch Duschen mit unserer entzückenden Sabrina?“

Also wurde auf den restlichen drei Ebenen auch etwas geboten.

„Nicht wirklich.“

„Handtücher werden beigestellt!“

„Trotzdem nein, danke!“

„Vielleicht mit unserem entzückenden Serge?“

„Danke, wirklich kein Bedarf!“

„Oder wollen Sie an unser lebendes Frauen-Büfett zum Runternaschen?“

„Auch nicht, ich möchte eigentlich nur, dass Sie sich dieses Foto ansehen!“ Ich zog das schlechte Porträt von Helene Kafka aus der Jackentasche und hielt es dem Jungspund vor die Nase. „Kennen Sie das Mädchen? War es öfter hier?“

„Nicht, dass ich wüsste. Hier gibt es so viele davon.“

Ähnlich erging es mir dann bei acht oder neun weiteren Kellnerinnen, Barmännern und bei einer Klofrau. Schließlich wurde es mir zu mühsam und ich verlangte bei einer Mixerin den Geschäftsführer zu sprechen.

„Oh, der ist auf der Ballermann-Bühne. Beim Hauptact.“

„Hä?“

32

Großporige, feuchte Gesichter, gerötet oder erblasst vom Inhalt der fünf leeren, doppelten Schnapsgläser, die jeder der acht Burschen auf einem Heurigentisch vor sich stehen hatte. Ansonsten befand sich auf der Ballermann-Bühne im Keller des „Fit 4 Fun" nur noch ein Jurytischchen mit zwei älteren, sprich rund dreißigjährigen Herrschaften, ein Moderator und ein Nummerngirl, das eben über die Bretter, die die Welt bedeuten, trippelte und die sechste Runde ankündigte. Daraufhin bemühte sich der Moderator, vor jedem der Burschen ein weiteres Glas aufzustellen und dieses aus einer Flasche moldawischen Cognacs aufzufüllen, ohne allzu viel zu verschütten. Dabei schrie er abwechselnd „Moldawischer Cognac" und „Na Sdarowje", Letzteres mit steirischem Akzent, in sein Brustmikrofon und vollführte leicht manische Verrenkungen, was zuverlässig darauf schließen ließ, dass er ebenso wie alle auf und vor der Bühne betrunken war.

Die Jury beschränkte sich darauf, müde zu lächeln, als die acht Burschen ihr sechstes Glas ex und hopp hinunterstürzten. Der Moderator nahm einen guten Zug aus der Flasche und dann kam das Nummerngirl schon wieder. Einer der Burschen kotzte in hohem Bogen auf ihr Schild mit der Nummer 7, wurde aber nicht disqualifiziert. Die siebente Runde war Curaçao und mir wurde schon vom Zuschauen schlecht. Alles in allem ein zünftiger Kampftrinkerabend und die mehrhundertköpfige Menge, die den Keller bis zur letzten Luftblase füllte, war von der lokalen Folklore mehr als begeistert. Viele schwenkten Jägermeister-Fläschchen und Ärgeres und nahmen am Bewerb außerhalb der Wertung teil.

Die Musik war eine aparte Mischung aus Gangsta Rap und den Fidelen Lavanttalern, scharf gemixt und hübsch mit allerlei elektronischen Rülpsern garniert.

Ich blieb, bis auch der Calvados, der Slibowitz, der Cointreau, der Becherovka, der Wermuth, der Wodka Lemon, der Kranewittenbrand, der Hochland-Whiskey, der Kümmel, der Inländer-Rum und der Cornelkirschen-Extrakt alle waren und der Sieger von den beiden Jurymitgliedern mühsam unter dem Tisch hervorgezerrt wurde, während die Moderation inzwischen das Nummerngirl übernommen hatte, das dem bewusstlosen Triumphator mit der Megaleber einen Megalorbeerkranz auf Haupt und Schultern klatschte. Er hatte nicht nur die schrankenlose Bewunderung des jugendlichen Publikums gewonnen, sondern auch einen „Fit 4 Fun“-Gutschein, mit dem ein Jahr lang sein jeweils erster Drink gratis war. Natürlich ein alkoholischer.

Und dann brach ein Tumult aus, jemand, der am Boden auf allen vieren dahinkroch, schlitzte mir mit einer zerbrochenen Bierflasche das rechte Hosenbein vom Knöchel bis zum Knie auf und die beiden Jurymitglieder, davon einer sicherlich der Geschäftsführer, waren längst weg.

Wieder einmal ein schöner Tiefpunkt in meiner Karriere.

33

Noch hatte die Bank die Bagger nicht geschickt, im Stiegenhaus erschlugen mich weder ein Bruchstück der Stuckdecke noch ein Scherge von Gamper oder Gabloner und die Damen ordinierten glücklicherweise noch nicht. Ich kam nicht gerade heim wie eine geschlagene Armee, aber zumindest wie eine in die Irre gegangene Nachhut. Im Wartezimmer kein fremder Duft von jemandem, der vergeblich auf mich gewartet hatte, sondern nur der gewohnte Geruch nach alten Möbeln und Leere.

In der Wohnschlafküche schlüpfte ich erst einmal aus der Hose und entsorgte sie. Die Bierflasche hatte oberhalb des Knöchels nicht nur den Stoff, sondern auch etwas Haut geritzt. Mäßig viel Blut war in meinen rechten Socken geronnen. Ich packte ihn mitsamt der übrigen Wäsche in die Waschmaschine und gab doppelt so viel Waschpulver dazu wie gewöhnlich.

Den blutigen Riss an meinem Bein rieb ich mit Wattebauschen ab, die ich mit dem ungarischen Kräuterschnaps tränkte.

Dann holte ich eine Flasche Pomerol, einen Château Pétrus, eigentlich viel zu teuer für mich, aus dem Bad und dekantierte sie auf dem ehemaligen Tapeziertisch. Einen großen Bordeaux sollte man nur nachts trinken, ein wirklich großer Bordeaux ist das beste Mittel gegen Dämonen. Ich wagte mir nicht einmal vorzustellen, was mit Helene Kafka gerade passierte, falls sie nicht tot sein sollte. Und andererseits, was wäre, wenn sie aus all dem wider Erwarten halbwegs heil an Körper und Seele herauskäme und zu ihrer Mutter zurückkehren würde? Zu dieser Mutter und ihrem Willi? Wenn man Helga Kafka vor die Wahl stellte zwischen ihrer Tochter und einer Flasche Napoleon Brandy, das Ergebnis wäre wohl klar.

Auf meiner Zunge spürte ich plötzlich einen pelzigen Belag wuchern, übel riechend und dicht. Ich ging zur Spüle und trank Leitungswasser. Als ich zum Tisch zurückkam, schimmerte der Wein in der Karaffe wie eine konzentrierte Essenz aus abertausend verlorenen Menschenherzen – und für all diese völlig verschiedenen Farbtöne der Liebe, der Leidenschaft, des Blutes und des Weins hatten wir nur ein einziges Wort: rot.

34

Ich erwachte gegen neun Uhr und hatte Kreuzschmerzen. Mit diesem Handicap hatte ich es gerade noch geschafft, mich zu duschen und meinen Luxuskörper in einen minzgrünen Bademantel zu zwängen, als plötzlich eine große, feste, resolute Person mitten in meinem Wartezimmer stand und durch die leider offen gebliebene Tür zum Privatteil meines Wohnbüros missbilligend in meine Wohnschlafküche, genauer gesagt auf diesen dubiosen Bademantel starrte. Das gute Stück, ein Geschenk aus besseren Tagen, stammte von einer alten Freundin, die mir vor Jahren ewige Liebe und Treue, Hingabe und Zuneigung geschworen hatte, dann aber relativ bald mit einem prächtig verdienenden Wiener Zahntechniker zusammengezogen war. Seither war ich bei diesem bodenständigen Frauentyp, der Wäsche schenkte, Badesalz oder sonst etwas Brauchbares, eher vorsichtig.

Die Wohnungstür zum Wartezimmer mit dem fast leeren Schreibtisch darin ließ ich meistens unversperrt – es könnte ja doch einmal ein potentieller Klient auf mich warten wollen. Eine eigene Empfangsdame könnte ich mir aber nie und nimmer leisten, nicht einmal eine Halbtagskraft. Ich wüsste eine Sekretärin auch gar nicht zu beschäftigen, da ich meine Akten im Kopf führte und noch aus der Generation stammte, die Computer für eine Art schamanistisches Teufelszeug hielt. Es war mir schon unheimlich genug, dass so ein Ding mein Konto verwaltete und gegebenenfalls das Beatmungsgerät steuerte, das einen in der Intensivstation am Leben erhielt – oder auch nicht.

„Sie sind doch Marek Miert, der Detektiv?“, herrschte mich die Person an. Ihr lautes Organ glich der Stimme, die mich gestern angerufen und nach meinen Schießkünsten ausgefragt hatte, aufs Dezibel.

„Entschuldigen Sie, aber haben Sie noch nie einen Menschen mit Kreuzweh gesehen? Ich habe praktisch keine Schwächen, außer Mozartkugeln und eine kleine Abnützung zwischen L 4 und L 5.“

„Junger Mann, jetzt reißen Sie sich aber mal am Riemen!“, sagte die Person energisch und hatte plötzlich zwei Hundert-Euro-Scheine in der Hand. Wenn mir jemand Geld in Aussicht stellte, dann war ich interessiert, grundsätzlich interessiert. Eine Art Berufskrankheit. Ich trat zwei Schritte näher zu meinem Schreibtisch und nahm meine Besucherin ins Visier. Augen wie Bodennebel, farblose, dünne Haare, aber teuer gelegt, sehr teuer sogar, soweit Mann das beurteilen konnte. Um die sechzig. Steckte doch tatsächlich zu dieser Jahreszeit in einem grauen Übergangslodenmantel mit Hirschhornknöpfen, so groß wie Kuhfladen und so dezent wie Karl Moik. Dazu ein keckes, grünes Filzhütchen, bei dem nur der Gamsbart fehlte. Im Ausschnitt eine weiße, gestickte Seidenbluse mit Rüschen, verspielt wie ein junges Mädel. Weiße Kniestrümpfe und undefinierbares, derbes, braunes Schuhwerk, eine Art Goiserer. Und all das mitten in Harland, wo der letzte Bauernhof im Stadtgebiet bereits 1833 halb geschleift und halb in eine Salpeterfabrik umgewandelt worden war.

„Sie können sich ruhig setzen, bitte nehmen Sie Platz!", sagte ich und stellte mich hinter den großen Schreibtisch, „Ich selbst werde aus medizinischen Gründen besser stehen bleiben."

Ich konnte mich unmöglich niedersetzen, da sonst der Bademantel über Brust, Bauch und Schritt relativ weit auseinander geklafft wäre.

„Ich habe gestern schon angerufen", sagte sie, setzte sich auf einen der unbequemen Besucherstühle im Wartezimmer und blickte mich weiter vorwurfsvoll an, vielleicht aus reiner Gewohnheit, vielleicht auch, weil ich wegen meines Kreuzes kaum vor ihr salutieren oder sie als potentielle Kundin auf Händen tragen konnte.

„Ah, Sie waren das“, brummte ich und hielt mit meiner rechten Hand krampfhaft den Bademantel geschlossen. Den Gürtel hatte ich schon vor Jahren verloren. „Wissen Sie, wir haben eine Vielzahl von Anrufen.“ Ja, dachte ich, übers Jahr gerechnet.

„Vor allem sollen Sie recht preiswert sein, geradezu billig, habe ich gehört!“

„Das auch“, stimmte ich verdrossen zu, „Marek Miert – der erste Diskontdetektiv Harlands.“

„Maschek, mein Name.“

„Sehr erfreut.“ Natürlich lügt man im Deutschen, wenn man höflich ist.

35

„Wohnen tu ich in der Gepplgasse 25. Seit es das Haus dort gibt. Mein Vater hat es gebaut. Dann ist er gestorben. Auch meine Mutter ist längst tot. Bauchspeicheldrüse. Ich war zweimal verheiratet, beide Männer sind mir gestorben. Der eine an der Leber, der andere an einem Opel Admiral. Meine Tochter aus erster Ehe hat nach Norddeutschland geheiratet. Sonst habe ich keine Verwandten mehr. Ich bin allein in dem Haus.“

„Und wenn Sie sich einen Hund zulegen würden?“, fragte ich vorsichtig – und wurde nicht einmal ignoriert.

„Ich bin wie gesagt allein in dem Haus, habe aber eine gute Nachbarschaft. Es war zumindest eine gute Nachbarschaft. Besonders zu Frau Zimber auf Nummer 23. Ich habe ihr jahrelang geholfen, ihren Vater zu pflegen. Man erwartet sich ja keinen besonderen Dank, aber vor ein paar Monaten, als der Vater gestorben ist, ist Frau Zimber plötzlich ausgezogen. In die Schweiz, hieß es, zu Verwandten. Seitdem steht das Haus leer."

„Aha."

„Eigentlich steht das zimbrische Haus, wie gesagt, leer, aber seit einiger Zeit bemerke ich gelegentlich Licht im Keller, vor allem spätnachts, Geräusche, auch untertags. Dann fährt wieder ein Wagen vor, dessen Kennzeichentafeln so verdreckt sind, dass man die Nummer nicht ablesen kann."

„Das ist bitter", bemerkte ich.

„Manchmal höre ich Stimmen von drüben, leise Stimmen, vielleicht Telefonate, in einer Art Kaulquappensprache, und der Rauchfangkehrer konnte vor zwei Wochen nicht hinein, weil ihm niemand die Tür aufmachte."

Soll schon vorgekommen sein, dachte ich, dass die vorgeschriebenen Kehrungen ausgefallen sind, verrechnet werden sie aber trotzdem. Das sagte ich aber nicht, sondern ließ nur ein entrüstetes „Zzss" hören.

„Ich habe mich mehrmals überzeugt von den Vorkommnissen, habe ein paar Mal nachts zu verschiedenen Zeiten die Fassade vom Nachbarhaus mit einer starken Halogenlampe abgeleuchtet, die Kellerfenster und den Garten, das ganze Nachbargrundstück."

„Und?", fragte ich.

„Manchmal bleibe ich jetzt auch untertags in meinem Bett, habe Angst, mich am Fenster sehen zu lassen, aus dem Haus zu gehen. Ich bin nervlich total am Ende!“, sagte Frau Maschek, die aber überhaupt nicht ängstlich wirkte. Ganz im Gegenteil.

„Als ich vor einer Woche spätnachts wieder Klopfgeräusche aus dem Nachbarhaus hörte, bekam ich ein schlimmes Zittern und habe die Funkstreife geholt. Die Polizisten haben das Haus abgeleuchtet, sind aber wieder weggefahren. Im Übrigen haben sie gesagt, dass der Magistrat zuständig ist. Und am Magistrat haben sie gesagt, dass das Sache der Polizei ist. Wenn wir als Österreicher keine Gesetze mehr haben – das sind Illegale! Man hat ja nichts gegen Ausländer, aber es kann ein Massenmörder sein!“, sagte Frau Maschek, die im Übrigen wohl bereits meinen leisen Widerstand spürte, die zweihundert Euro auf den Schreibtisch legte und ihre Hände zurückzog. Fein säuberlich hatte sie Schein um Schein auf die Tischplatte gezählt, ohne ihre Suada zu unterbrechen.

„Und das glauben Sie?“

„Ich will nichts behaupten, aber es sind bestimmt illegale Grenzgänger im Haus! Diese Illegalen wurden natürlich nie gesehen, aber da sind sie doch! Und wenn jemand klopft, flüchten sie in den Keller. Ich will keinen Hass aufkommen lassen! Man hat ja nichts gegen Ausländer, aber wenn wir keine Gesetze für Österreicher mehr haben! Ich muss schon sagen, so geht das nicht! Ich lass sie holen durch Interpol – ich komm schon auf Ideen!“

„Ich bin nicht die Interpol, nicht einmal eine kleine

Filiale davon", hielt ich entschieden dagegen. So entschieden, wie man bekleidet mit einem zu engen Bademantel halt sein kann.

„Ich habe Mut gefasst und jetzt bin ich hier bei Ihnen – Sie werden das Haus Tag und Nacht observieren und denen richtig einheizen!"

„Mitten im Sommer?" Diese Ironie verstand sogar eine Maschek.

„Das heißt, Sie wollen den Auftrag gar nicht!", ereiferte sie sich und stampfte mit einem ihrer Halbgoiserer auf.

„Im Moment bin ich leider furchtbar ausgelastet."

Wenn die Maschek gekonnt hätte, dachte ich, dann hätte sie jetzt vielleicht ein paar Krokodilstränen zerdrückt, um den Diskontdetektiv doch noch umzustimmen. Aber dazu war sie zu stark, zu fest, zu sehr erfüllt von Hass. Ich war froh darüber, dass ich dank Kommerzialrat Schieders Auftrag diesen Hass nicht teilen musste. Ich wollte noch nie rumänische Maurer vom Gerüst stürzen. Ich hatte keine Lust, Pornovideos von Ehebrechern zu drehen. Ich wollte keine alten Vizeleutnants mit ein paar gestohlenen Batterien in der Hosentasche arretieren. Ich lehnte es ab, als so genannte Security moralische Nullen wie einen Dieter Bohlen zu bemuttern. Ich hatte es mir immer selbst ausgesucht, zu wem ich loyal war und zu wem nicht. Das alles hatte sich mit der Zeit in der Branche herumgesprochen und vor allem natürlich bei der Kundschaft, sodass mein Wohnbüro in den letzten Monaten ziemlich leer geblieben war. Ungefähr so wie die Bewerbungsbögen für einen innerhalb der SS ausgeschriebenen Humanitätspreis.

„Wie stehen Sie eigentlich zur Ihrer eigenen Volksgemeinschaft?“, fragte die Maschek überflüssigerweise noch.

„Ich bin sicher, dass Sie einen anderen Berufsdetektiv finden werden“, entgegnete ich kalt wie ein Badeschlapfen im Dezember.

„Aber die sind doch alle so teuer!“, schrie sie auf.

„Ich bedanke mich für Ihre letztendliche Ehrlichkeit und darf Sie hoffentlich auch in dieser Bekleidung zur Tür geleiten.“ Auch im Bademantel immer korrekt bleiben, Miert, höflich und korrekt.

36

Ich kannte keinen einzigen Kriminalfilm, in dem der Detektiv des Morgens Paprikaspeckwurst, Ziegenkäseböllchen in Olivenöl, Mohnweckerl sowie ein billiges Rasierwasser im Supermarkt gekauft und dann alles, was davon essbar war, am Parkplatz vor dem Geschäft verzehrt hätte. Wer in einem amerikanischen Film ein Mohnweckerl, also Ethnic Food aß, wurde sowieso sofort wegen schweren Drogenmissbrauchs verhaftet und bekam dreimal lebenslänglich. So paranoid waren die schon.

Ich kannte auch keinen Film, in dem der Kriminalist, bevor er zu vielleicht entscheidenden Ermittlungen aufbrach, noch die Wäsche aus der Maschine genommen und auf der Wäschespinne in seinem Badezimmer aufgehängt hätte. In den Krimis kümmerten sich die harten Helden auch höchst selten um Zahnhygiene oder das Schneiden ihrer Zehennägel, nur Rasieren war erlaubt, weil das so schön männlich ist. Ich dagegen hatte all das getan und mein Frühstück im Granada ziemlich genossen. Danach war das Kreuzweh weg. Ein Kaffee würde sich auch noch irgendwo auftreiben lassen. Denn mir stand ein Stück Knochenarbeit bevor und die Hitze lag wie ein Schildkrötenpanzer aus stickiger, ausgebrannter Luft über der Stadt. Der Trog, in den Harland verbannt war und sich fleckig schwitzte, dampfte wie glosender Schwefel. Die Schatten starben einen leisen Tod. Ein Himmel aus Blei stülpte seine Nasenlöcher über die ganze Stadt. Der römische Vermessungsoffizier, der vor rund 1700 Jahren seinen Zollstock am heutigen Riemerplatz eingerammt und damit die Lage der Siedlung in einem riesigen Waldsumpf festgelegt hatte, hatte sich geirrt, eindeutig geirrt.

37

Im Jeans-Shop war am 27. Mai eine Urlaubsvertretung, eine Springerin aus der Wiener Zentrale, tätig gewesen. Die Verkäuferin in der spanischen Boutique war erst im Juni eingestellt worden. Im Café Daun hätten sie mir fast eine Gratis-Melange serviert, aber dann kam die Chefin und der war ich bei weitem nicht so sympathisch wie dem Lehrmädchen, das auch Mitleid hatte mit Helene Kafka. In der Fleischhauerei Lind bekam ich zwar die beste Käseleberkäsesemmel Harlands, aber auch keinen Hinweis. Detektivarbeit ist vor allem Beinarbeit und wer es nicht gewöhnt ist zu koffern, sollte lieber Polizist oder Politiker werden.

Der orthopädische Schuster hatte wegen Betriebsurlaub geschlossen, im Teppichgeschäft daneben kam ich mit meinem Deutsch nicht durch und der Inhaber nicht mit seinem Persisch, aber es reichte immerhin dazu, dass er den Kopf schüttelte über dem Foto. Das Pelzgeschäft war fest verrammelt und in der Import-Parfümerie sagten sie mir, dass sie auf Schüler auf der Gasse nicht achteten, weil die sowieso kaum ins Geschäft kämen, es sei denn als Ladendiebe.

Gegen Mittag hatte ich die Kremsergasse fast durch, aber keiner der Geschäftsinhaber und Verkäufer hatte Helene Kafka am 27. Mai um die Mittagszeit gesehen. Als ob es sie nie gegeben hätte, nur ein flüchtiger, nichtiger Schatten, und das in einer der belebtesten Einkaufsstraßen der Stadt! Das Böse ist nicht abstrakt, sondern konkret, zum Verzweifeln konkret, zum Beispiel ein verkorkster, verkommener Kerl, der im Unterleib eines gefesselten, schreienden Kindes herumbohrt.

Ich ging zu Fuß zum nahen Hauptpostamt und entleerte mein Postfach. Humpelstetter ließ sich nicht blicken, vielleicht hatte er Helene Kafka schon gefunden und beantragte gerade mit Hierlingers Hilfe eine Gewerbeberechtigung als Detektiv – Miert, deine Alpträume!

Neben dem Scheck und der Bestätigung fanden sich

im Fach gleich vier knallblaue Flugzettel der Österreich-Partei, mit denen sie zu ihrer heutigen Wahlkampf-Veranstaltung am Herrenplatz lud. Irgendein Landtagsabgeordneter würde dort sprechen. Ich wusste eigentlich nicht so genau, um welchen Wahlkampf es sich handelte, und hatte nicht vor hinzugehen.

38

Am Nachmittag nahm ich, unterbrochen nur durch den hastigen Verzehr eines Käsekornspitzes und einer Pizzaschnitte, noch einmal die Kremsergasse, die Schreinergasse und den Schillerplatz unter die Füße und ging in den Geschäften mit dem Foto von Helene Kafka hausieren, aber keiner erkannte das Mädchen und mich hielten sie in den meisten Läden zuerst für einen abzuwimmelnden Vertreter und dann für einen ziemlich lästigen Kerl. Ich strengte mich den ganzen Tag lang entschieden an und war viel höflicher, als es meinem Naturell entspricht, aber es kam nichts dabei heraus als einen Millimeter dünnere Schuhsohlen.

Opa Miert war schon immer ein verfluchter Kerl gewesen. Als Halbwüchsiger hatte er einen Stadtrat vor dem Ertrinken gerettet. Fotos wurden aufgenommen, auf denen sich Retter und Geretteter die Hände schüttelten, der Stadtrat trotz einer karierten Decke um die Schultern in sehr imponierender Haltung. Am nächsten Tag streikten die Setzer. Im Bürgerkrieg warf Opa Miert eine Granate gegen einen Panzerwagen. Natürlich explodierte sie nicht und der Tank trennte ihm das rechte Bein knapp oberhalb des Knies ab. Seine Spezialität aber waren Wetten auf Gäule, die in der Nacht vor dem Rennen eingeschläfert werden mussten. Nach dem Krieg fristete er seinen Lebensunterhalt als eine Art Winkelschreiber für die Bewohner der Harlander Südstadt – immerhin konnte er Beistriche setzen und mehr als zehn Worte Russisch falsch aussprechen. Nicht lange nach dem Staatsvertrag klagte ihn eine windige Wohnbaugenossenschaft, deren eingefahrene Kunden er in bewährt schneidiger Manier vertreten hatte, bis auf das Existenzminimum – und darunter ist er auch bis an das Ende seines Lebens verblieben.

Wenn ich nicht bald Erfolg hatte, würde ich auch so enden.

39

Am Durchkommen zum „Medici" in einer nördlichen Seitengasse zum Rand des Herrenplatzes hin wurde ich durch eine unruhige, mehrhundertköpfige Menge gehindert, durch einen erregten, richtungslos tobenden Leviathan voller Freibier und Frustrationen, der auf dem kleinen Platz wie fleischige, tödliche Seeanemonenarme hin und her wogte und dann und wann an die Häuserfronten klatschte und gegen die Portale, die Mauern und die Auslagenscheiben drückte. Es war salzig heiß und von der Menge stieg ein Brodem auf aus Alkohol und Zorn und bösem Schweiß. Und dieser vielleibige Menschenwurm ringelte sich um ein leicht erhöhtes Rednerpult ziemlich genau in der Mitte des Platzes, das wiederum von glatzköpfigen Jugendlichen in schwarzen Stiefeln, Military-Jeans und Bomberjacken umgeben war, lückenlos. „Räuberzivil" hätte mein Ausbilder bei den Pionieren in Korneuburg diese Kluft abfällig genannt.

„Ich habe nichts gegen Ausländer!", erklärte ein Redner gerade süffisant, ein kleiner, relativ junger Mann mit fetten, dunklen Haaren im Designer-Steireranzug. „Ich schäme mich nur dafür, wer heutzutage aller mit einem österreichischen Pass herumläuft! Man kann doch nicht alles hereinlassen! Sie schauen nicht nur anders aus, sie sind auch anders!"

Die Menge johlte, grunzte, applaudierte, kreischte, einige mehr oder weniger leere Plastik-Bierbecher wurden zustimmend in die Höhe geschleudert.

„Ich habe nichts gegen Ausländer!", setzte der Redner, offenbar der angekündigte Abgeordnete, eifrig fort. „Aber jedes Mal, wenn ich in eure schöne Stadt komme, hat wieder ein ‚Café Ankara', eine Imbissstube ‚Atatürk' eröffnet, ein ‚Pamukkale'-Laden oder ein österreichisch-türkischer Freundschaftsverein – und jetzt auch noch eine Moschee!"

Ich schämte mich höchstens dafür, wer in Österreich aller in den Parlamenten saß, egal ob auf Bundes-, Landes- oder Gemeindeebene.

„Wir von der Österreich-Bewegung wollen jedem Menschen das Leben in seiner Heimat ermöglichen – besonders den Anatoliern!", kotzte der Redner eine weitere Tirade heraus. „Eene, meene, muh – und raus bist du, Bimbo! Die Österreich-Bewegung bekennt sich zum Selbstbestimmungsrecht der Völker, aber in ihrer angestammten Heimat! Ich habe nichts gegen Ausländer, aber Österreich den Österreichern und die Türkei den Türken!"

Die erregte Menge reagierte mit besinnungslosem Lärm, mit Stampfen, Schreien, Klatschen, Fauchen, Winseln, Schnalzen, Bravorufen, wortlosem Gestammel. Manche furzten sogar vor Aufregung. Ich sah Darwins Thesen in einem Ausmaß bestätigt, wie ich es nie für möglich gehalten hätte.

„In Zukunft muss man sich darüber Gedanken machen, wie wir unsere mehr als großzügigen Sozialleistungen an Zuwanderer anpassen. Keine Sozialleistungen mehr für Ausländer von unserem Geld! Keine Gebärprämien mehr für Kopftuchträgerinnen!"

Der Redner spuckte rituell aus. Er schwitzte inzwischen wie fast alle seine Zuhörer Bier und Hass aus allen Poren.

„Der Geist des Neuen Europa wird der Geist der Neuen Ordnung sein, der Geist der Dritten Republik! Einmal muss Schluss sein mit dem linken Tugendterror, Schluss mit den Wiederholungstätern beim Missbrauch unseres Asylrechts, Schluss mit der Überfremdung!", musste ich mir noch anhören, während ich zunehmend erfolgreich versuchte, mich am westlichen Rand des Platzes durchzudrängen. Der körperliche Kontakt mit diesen Menschenleibern verursachte mir Übelkeit.

„Kümmeltürken sollt ihr alle werden! Kameltreiber! In der Harlander Moschee müsst ihr dann antanzen, auf den Knien herumrutschen und in dieser Sprache ohne Vokale gurgeln! Und eure Vornamen auf Ali und Gül ändern! Das ist es, was sie mit Multikulti meinen!", fauchte der Redner und Gott ließ es geschehen.

Ich war heilfroh, diesen ganzen Abschaum der Menschheit schon bald nur mehr als drohende, ungebärdige Geräuschkulisse, als große, wilde, wahnsinnige Meute im Rücken zu haben. Der schreckliche Baal war wieder auferstanden.

Während ich schon durch das Portal ins „Medici" eintrat, wo nur mehr ein gedämpfter, diffuser, aber noch immer beunruhigender Lärm zu vernehmen war, geriet, wie ich später hören musste, ein knapp vierzehnjähriger, in Österreich geborener Einwandererbub vom nahen alevitischen Kulturtag durch einen bösen Zufall in diese aufgehetzte Versammlung. Die heldenhaften Recken der Deutschen Volks- und Kulturgemeinschaft gingen auf Nummer sicher und zu fünfzehnt auf ihn los. Fast eine Viertelstunde hatten sie ihn ganz schlimm in der Mangel. Während dem kurdischen Jungen Teile seiner Leber durch einen tiefen Riss oberhalb der rechten Lende und durch den Bauchnabel austraten, urinierten zwei Skinheads auf den Sterbenden.

Die Pforten der Hölle waren weit offen.

40

Das „Medici“ war leer bis auf den Zahlkellner, der in der hintersten Ecke des Lokals hockte, sein korsisches Französisch vergessen hatte, Kette rauchte und Flaschenbier trank. Alle anderen Mitarbeiter einschließlich Mirandas, erzählte er mir mit nicht unsympathischem Mostviertler Akzent, hatten freigenommen, der Chef war am Nachmittag gar nicht erst erschienen. Ich bestellte bei ihm eine Flasche eines einfachen provenzalischen Landweins und setzte mich ganz nach vorne, wo ich durch die Fensterscheiben noch einige mehr oder minder Ekel erregende Randerscheinungen der Menge im Blick hatte. Man musste dem Teufel, dem Baalstier, in die Augen schauen, um ihm widerstehen zu können.

„In was für einem Land leben wir eigentlich?“, flüsterte der Kellner beim Entkorken.

„Wenn ich das wüsste“, antwortete ich.

Der 1933 von den Sozialdemokraten in den Bundesrat entsandte Parlamentssekretär Dr. Adolf Schärf vertrat 1939 als Anwalt einen SS-Mann bei der Abwicklung der Arisierung eines Hauses, sprich bei der Beraubung und Ausplünderung einer jüdischen Familie in Wien. Nach dem Ende des so genannten „Tausendjährigen Reiches“ war er Mitbegründer der wiedererstandenen Sozialistischen Partei Österreichs und wurde deren erster Vorsitzender in der Zweiten Republik. Von Ende 1945 an war er auch Staatssekretär ohne Portefeuille, danach Nationalrat und Vizekanzler und nahm 1955 an den Staatsvertragsverhandlungen in Moskau teil. In jenem Jahr wurde er übrigens auch Ehrenbürger der Stadt Harland. Er blieb Vizekanzler bis 1957, als er sich zur Wahl für das Amt des Bundespräsidenten stellte; unter anderem mit dem erfolgreichen Flüsterpropagandaslogan „Wer einmal schon für Adolf war, wählt Adolf auch in diesem Jahr!" Adolf Schärf wurde gewählt, ein paar Jahre später wiedergewählt und starb mitten in seiner zweiten Amtszeit als Staatsoberhaupt der Republik Österreich.

Was für ein Land! Einige Gläser Wein reichten nicht aus, das zu vergessen.

Oskar Helmer, im westungarischen Gattendorf geborener Sohn eines Jagdgehilfen, absolvierte noch vor dem Ersten Weltkrieg eine sozialdemokratische Parteischule in Klagenfurt und war zu Kriegsende Mitglied des Arbeiter- und Soldatenrates im k. u. k. Kriegshafen Pola. Danach zog er nicht nur in den niederösterreichischen Landtag ein, sondern wurde auch Landesrat. 1927 avancierte er zum Vorsitzenden der SPÖ Niederösterreich und Landeshauptmann-Stellvertreter. Den Ständestaat und das NS-Regime überdauerte er unbeschadet im Versicherungswesen. Nach dem Zweiten Weltkrieg konnte er seine politische Karriere nahtlos fortsetzen, wurde sogleich wieder Vorsitzender der SPÖ Niederösterreich sowie zusätzlich Nationalratsabgeordneter und Unterstaatssekretär im Staatsamt für Inneres.

Ende 1945 avancierte er zum Innenminister. In der Regierungssitzung vom 9. November 1948 sagte der einflussreiche Helmer in einer Diskussion über die Rückgabeforderungen jüdischer Österreicher, die nach 1938 völlig ausgeplündert worden waren: „*Ich bin dafür, die Sache in die Länge zu ziehen*" – und gab damit das Motto der Nachkriegsjahre in der Frage der Entschädigung von NS-Opfern vor. Folgerichtig hatte Helmer als Innenminister auch nichts an öffentlich zelebrierten SS-Veteranentreffen auszusetzen und war eine treibende Kraft hinter der Zulassung des VdU zur Nationalratswahl 1949.

Eine Flasche Wein reichte bei weitem nicht aus, das zu vergessen.

Ich bestellte eine zweite, diesmal einen Bandol.

41

Es war nur ein leichter Luftzug, der mich vielleicht einen halben Meter nach der Haustür traf, ein lauer Hauch mit ein paar Molekülen frischen menschlichen Schweißes, und das in einem seit Wochen und Monaten leer stehenden Haus. Durch einen scharfen Befehl meines Stammhirns, das nur auf solche basalen Reize reagierte und sich von vernünftigen Erklärungen für beunruhigende Erscheinungen nicht täuschen ließ, blieb ich wie angewurzelt stehen, behielt die Klinke weiter in der Hand und ließ den Türflügel nicht ins Schloss fallen.

Das Stammhirn beharrte auf Flucht. Der Gang war fast vollkommen dunkel, eine blauschwarze Dunkelheit über vielen Kubikmetern Luft und Mauern und Bodenfliesen und Staub.

Kalkstaub, Ziegelstaub, Dreck! Es war eindeutig zu viel Staub in dieser Gangluft. Jemand musste ihn aufgewirbelt haben, als er vor kurzem den Gang zum Stiegenhaus und zu meiner Wohnung, den schon seit Monaten kein Hausmeister aufgewischt hatte, entlanggegangen war. Vielleicht hätte ich dem schwarzen Audi mit dem Wiener Kennzeichen schräg vor dem Haus mehr Beachtung schenken sollen. Vielleicht hätte ich sofort merken müssen, dass diese Hubraum-Rakete nicht in eine Gegend passte, wo Müll auf den Straßen lag und die Passanten von Fassadenteilen erschlagen werden konnten. Vielleicht hätte ich das Haustürschloss längst auf meine Kosten erneuern lassen sollen. Vielleicht hatte ich den Geruch eines Schlägers wahrgenommen, der seit dem Morgen in diesem Audi unterwegs war und als ehemaliger Lagerarbeiter oder Fitnesstrainer in einem den ganzen Tag getragenen, dunklen Anzug leicht schwitzte.

Die abgesägte Schrotflinte, erinnerte mich mein Stammhirn, befand sich im Kofferraum des Granada und der wiederum auf dem Parkplatz am Rande der Innenstadt, wo ich ihn des Morgens abgestellt hatte. Nach dem Besuch des „Medici“ hatte ich um genau zwei Flaschen Wein zu viel intus gehabt, um noch nach Hause fahren zu können, und war daher zu Fuß in mein entzückendes Viertel zurückgekehrt.

Nur mit dem Scheck von Kommerzialrat Schieder in der Tasche beziehungsweise in der Hand war nicht gut fechten. Ich trat den einen Schritt wieder zurück, war damit knapp vor der Haustür und ließ diese vorsichtig, unendlich vorsichtig ins Schloss gleiten. Dann wandte ich mich schnell um und ging die Straße hinunter bis zu einem kleinen Lieferwagen, der halbwegs gute Deckung bot und ungefähr dreißig Schritt vom Heck des schwarzen Audi entfernt war.

Zuletzt hatte ich als Volksschüler noch daran geglaubt, später, in dem so wunderbaren Leben als allmächtiger Erwachsener alles unter Kontrolle zu haben. „Wenn du so weitermachst!“, dachte ich. „Was ist, wenn du in eine Schießerei gerätst? Was für Optionen hättest du dann noch?“

„Davonrennen. Oder dich flach auf den Bauch werfen und ausprobieren, ob du das Vaterunser noch auswendig kannst“, begann ich einen Dialog mit mir selbst.

„Davonlaufen und sich hinlegen – das widerspricht sich doch.“

„Kommt darauf an, ob du das Ziel bist oder nicht. Wir sollten ja alle Optionen durchdenken.“

„Was ist, wenn ich mich hinter ein Auto verkrieche?“

„Deckung ist an sich immer gut, aber ein Stahlmantelgeschoß schlägt da durch, wenn man nicht gerade hinter dem Motorblock liegt. Also, nach der Bundesheermaxime für den Infanteriekampf beispielsweise geht Wirkung vor Deckung.“

„Davonrennen hat immer die beste Wirkung auf Leib und Leben“, gab mein Stammhirn zu bedenken.

„Du bist über 30 und XXL – eine rasende Geschwindigkeit wirst du nicht gerade entwickeln.“

„Wenn ich rennen muss, werd ich schon rennen!"

Warum ich dann letztlich doch nicht davonlief, weiß ich nicht mehr, aber wer lässt sich schon gerne aus seinem Zuhause vertreiben, selbst wenn es nur eine Bruchbude ist.

Sie ließen sich noch eine gute halbe Stunde Zeit, bis sie aus dem Haustor kamen und gemütlich zu ihrem Audi schlenderten – ein Duo, die üblichen derb-kräftigen Burschen in schlecht sitzenden Anzügen. Der eine trug einen Aktenordner in der Hand, der andere völlig ungeniert eine Brechstange mittlerer Länge. Sie redeten kein einziges Wort miteinander, stiegen trotz Anabolika-Waden relativ behände in ihren Wagen und rollten fast geräuschlos davon. Absolute Profis.

42

Sie hatten sich wirklich Zeit genommen.

Sämtliche Laden des Schreibtisches waren herausgezogen worden und lagen auf dem Boden verstreut herum. Glücklicherweise waren die Mozartkugeln und die Mannerschnitten noch vorhanden; die beiden Henker standen wahrscheinlich mehr auf Eiweißpulver und Androgene. Sie hatten sich sogar die Mühe gemacht, alle Eichenstühle im Wartezimmer umzukippen. Wahrscheinlich um nachzusehen, ob auf den Unterseiten der Sitzflächen irgendwelche Papiere angeklebt waren. Die drei Stiche waren sorgfältig aus ihren Rahmen geschnitten worden und lagen aufeinander gelegt auf dem Schreibtisch, ordentlich Kante an Kante. Daneben waren ebenso fein säuberlich meine paar Bücher aufeinander gestapelt.

In der Wohnschlafküche war der gesamte Inhalt des Kleiderschrankes auf den Boden geworfen und das schwere Möbel darauf gestürzt worden. Natürlich hatten sie auch den Tapezierertisch umgekippt und Bettzeug, Matratzen und Lattenrost lagen neben dem altdeutschen Ehebett. Der alte Grundig-Fernseher lag verkehrt herum und zerschrammt in einer Ecke. Die Küchenecke war ein Trümmerfeld aus zerbrochenen Spanplatten und zerborstenen Laden und Brettchen, aber das war sie im Wesentlichen auch schon vor dem Einbruch gewesen. Im Bad hatten sie den Spülkasten der Toilette geöffnet und den Putz- und Reparaturschacht unter der Badewanne, aber das Wichtigste, meine Weinsammlung unter der Waschmuschel, war absolut unversehrt geblieben.

Das Einzige, was aus dem gesamten Wohnbüro fehlte, war seltsamerweise der Aktenordner mit den unbezahlten Rechnungen und Mahnungen und Drohbriefen diverser Inkassobüros. An die Akten meiner Fälle waren sie nicht herangekommen, denn der diesbezügliche Aktenschrank befand sich in meinem Kopf. Dabei hatten sie wohl genau einen solchen Akt gesucht, nämlich meine bisherigen Ermittlungsergebnisse im Fall der kleinen Kafka. Denn Gamper war ja offenbar von der fixen Idee besessen, dass ich auf der Suche nach dem Kind schon einen ziemlichen Vorsprung hatte.

Hoffentlich behielt er Recht.

43

Ich war als junger Sicherheitswachebeamter einmal dabei gewesen, als eine ehemalige Trafikantin zwei oder drei Monate nach ihrem Ableben aus ihrer Wohnung in der Josefstadt geholt wurde. Die Tür musste aufgebrochen werden. In den Zimmern war es ein bisschen staubig, aber ansonsten ordentlich wie in einer Apotheke. Die alte Dame war offensichtlich aus dem Bett gefallen und lag in friedlicher Haltung, wenn auch etwas verschrumpelt, wie aufgebahrt auf dem Parkettboden ihres Schlafzimmers. Mein damaliger Wachzimmerkommmandant sprach von einem natürlichen Tod, die beiden Schergen von der Bestattung stimmten ihm zu und der Amtsarzt hatte den Totenschein schon ausgestellt. Doch als sie den Leichnam aufheben und zum Sarg tragen wollten, ging das nicht. Weil ein Dolch bis über dem Heft nicht nur im Brustkorb der Leiche, sondern auch im Parkettboden steckte. Seither hege ich das Bedürfnis, vorher immer ein wenig mehr zu wissen.

Aber solche Wünsche sind das eine, das Leben ist das andere. Ich wusste überhaupt nicht, wer die beiden Schläger waren. Ich wusste nicht wirklich, wer sie geschickt hatte. Ich wusste nicht sicher, was das Ganze überhaupt sollte. Ich wusste nur, dass ich schleunigst von hier weg musste. Mein Wohnbüro war kein sicherer Ort mehr. Nur weg! In diesem Moment aufkeimender Panik schlug das Handy an. Ein ebenfalls ziemlich aufgeregter Wotapek war am anderen Ende der Richtfunkstrecke.

„Weißt du, Marek, was für einen Wagen du Unglücksrabe da erwischt hast? Ist dir Wahnsinniger überhaupt bewusst, wen wir da abgefragt haben?“

„Beruhige dich, Schorsch, beruhige dich! Es wird ja nicht gerade der Drittwagen des Bundeskanzlers sein, den ich angezeigt habe!“

„Schlimmer!“, keuchte Wotapek. „Viel schlimmer!“

„Was kann schlimmer sein als der derzeitige Bundeskanzler?“

„Du weißt ja vielleicht noch aus der Schulung, dass die Stapo mit Legenden, mit verdeckten Wohnungen operiert, mit verdeckten Wagen ...“

„Heißt das, wir haben, ohne es zu wollen, einen Undercover-Mann enttarnt? Willi?“

„Wenn das rauskommt! Und das wird rauskommen! Dann kann ich meine Talente als Spengler wiederbeleben oder stempeln gehen!“

„Schorsch, jetzt nur bitte kein Selbstmitleid, wir werden das anders machen, ganz anders.“

„Und wie bitte?“

„Nicht du, mein Lieber, wirst Stapo-Willi enttarnt haben, sondern das wird ein anderer für dich erledigen.“

„Du bist echt meschugge!“

„Mehr, als du dir vorstellen kannst! Ich werde dir aber auf jeden Fall einen schönen, fetten Sündenbock besorgen, wenn du mir endlich Willis Nachnamen und Adresse sagst.“ Nur nicht „verrätst“ sagen, Verräter sind da ganz schön empfindlich.

„Bei solchen Haltern sind solche Daten nicht verzeichnet, nicht einmal in unseren Karteien – selbst wenn man das ganze Netzwerk auf den Kopf stellt!"

44

Die beste Vorbereitung auf den Tod war eine mürrische, junge Zahnärztin, die mit Spritzen sparte, weil man die Rechnungen nur mühsam bezahlen konnte. Die zweitbeste ein hastiger Rückzug durch den hundert Jahre alten, stockdunklen Keller meines Zinshauses, in dem es keinen Strom mehr gab, keine Mitbewohner und keine Sicherheit.

Ich hatte mir gerade noch Zeit genommen, das aufgebrochene Schloss der Tür zu meiner Wohnschlafküche mit etwas Draht provisorisch zu flicken und eine schwache Taschenlampe einzustecken, die ich aber nur sporadisch einschaltete.

Im hinteren, straßenfernen Teil des Kellerlabyrinthes gab es glücklicherweise eine hölzerne Klappe in den Hof, die früher wohl dazu gedient hatte, Kohle, Brennholz oder Kartoffeln in den Keller zu kippen. Auch im Hof war die Dunkelheit so dicht wie ein Gewebe und ich krachte beinahe in das Wrack eines alten VW-Käfers, der da schon seit Jahrzehnten vor sich hinrostete. Hinter dem Hof war altes Bahngelände, ehemalige Eisenbahnerwerkstätten, aufgegebene Remisen, devastierte Schrebergärten, und auch hier kannte ich das Gelände von diversen lustlosen Spaziergängen wie ein fast leeres Glas Marmelade, aus dem man schon seit ein paar Wochen immer wieder genascht hatte. Ich kam meiner Waffe immer näher. Bis zum Gartenzaun einer Wohnhausanlage. Rund zweieinhalb Meter hohe, massive Gusseisenstangen, die an ihren oberen Enden in scharfe Spitzen ausliefen. Unmöglich, da rüberzukommen. James Bond hätte jetzt einfach einen zusammengefalteten Kleinsthubschrauber aus dem Hosensack gezogen oder etwas TNT in Form eines Freundschaftsarmbandes benutzt, aber ich war eindeutig nicht 007.

Der Umweg über eine weit schlechter gesicherte, städtische Müllsammelstelle kostete mich eine Viertelstunde. Ein gutes Dutzend aufgescheuchter Ratten pfiff mich wütend an, aber immerhin sprang mir keine ins Gesicht.

Die Geschäfte in der Raab-Promenade, die ich nach einem Fußmarsch von nicht einmal einer halben Stunde erreicht hatte, waren zwar schon längst wegen Reichtum geschlossen, aber ihre Auslagen erstrahlten in einem Prunk heller als die Sonne. Die blitzsauberen, wie mit der Zahnbürste gekehrten Gehsteige waren menschenleer. Ich fand den Granada unter derselben duftenden Promenadenlinde vor, unter der ich ihn abgestellt hatte, stieg in meinen Wagen, meine feste Burg, und schlief dort am Fahrersitz ganz idyllisch und augenblicklich ein.

45

Körper, die mit Eisenstangen geschlagen wurden, Körper dünn wie Schatten von Zweigen. Ein Schreien und Brüllen und Keuchen wie im Vorhof der Hölle. Körper in engen Zellen und Korridoren. Die Schläger trugen Uniformen, verschwitzte Uniformen. Sie nahmen den Geprügelten die Kleidung weg. Dann trieben sie sie durch lange Flure und klaustrophobische Innenhöfe. An einem steinernen Tor stand plötzlich die Maschek, baute sich in einer grünen Uniform vor dem gequälten Trupp auf und brüllte: „Was ist denn hier los? So wollen Sie zur Arbeit gehen? Da werden wir Sie wohl führen müssen!“ Wieder wurden die Eisenstangen geschwungen, auf die mageren Frauen und Mädchen in Unterwäsche, zwischen denen sich auch ein paar blutende Kinder versteckt hielten, eng an die zitternden Waden und Schenkel ihrer Mütter gepresst. Ein Lastwagen mit einer großen Ladefläche unter einer grünbraunen Plane, der mit laufendem Motor und geöffneter Ladeklappe vor dem Tor stand. Dort hinauf wurden sie unter Gebrüll und Geschrei und Gekeife getrieben. Als Letzte wuchteten sich die Maschek und zwei schwer bewaffnete Wärter auf den Opel Blitz. „Ich bin so etwas wie Ihre Mutter“, wandte sich die Maschek an die Geschlagenen. Sie sagte es ohne schauspielerische Begeisterung und Begabung. Nur wenige der Frauen auf der Ladefläche verstanden sie, verstanden die Sprache der Besatzer. „Wir bringen Sie zur Arbeit. In eine Fabrik. Welche Arbeit das ist, werden Sie in Kürze erfahren“, sprach die Maschek weiter, ruhig wie eine abgeschaltete Dampfmaschine, aber man spürte den höllisch heißen Dampf dahinter, eingesperrt in einer eisernen Kammer. Die aus vielen Wunden blutenden Frauen und Mädchen wagten kein Wort. Die Maschek holte aus einer Rocktasche eine kleine Schachtel hervor. Dann begann sie Konfekt zu verteilen, jeder Frau, jedem Kind ein Stück. Viele glaubten ihr jetzt, einige hofften, die Schokolade würde vergiftet sein, aber alle – bis auf eine ältere, spindeldürre Frau, die noch auf dem Lastwagen einem Schädelbasisbruch erlag – lebten noch einigermaßen, als sie den Stadtrand erreichten, wo dichte, hellgrüne Laubwälder begannen, durch die weiße Sandpisten führten. Die Maschek blieb stumm und stumpf, einer der Wärter lud und entlud permanent sein kurzes Gewehr. Es ging quer über eine Bahnlinie, dann kam die Grube, ein unerhörtes Loch in einem dünnen Laubwäldchen, umgeben von einem hohen Stacheldrahtzaun und Sperrholzschildern mit Aufschriften wie „Achtung! Seuchengefahr!“, „Betreten strengstens verboten! Lebensgefahr! Vermintes Gelände!“ Als der Lastwagen hielt, waren plötzlich andere Uniformierte da, mit Knuten und Stöcken, die sie auch eifrig und erregt einsetzten, um die Frauen und Kinder von der Ladefläche zu treiben. „Hier also werdet ihr arbeiten!“, brüllte die Maschek und brach in ein herrisches Lachen aus. Dieses Lachen hatte nichts Menschliches mehr an sich. Dann befahl sie, auch noch die Unterwäsche auszuziehen. Allen, die sich weigerten, drohte sie an, die Augen auszustechen.

Schwitzend und flach keuchend erwachte ich gegen Mitternacht im Auto, mit einem schlechten Geschmack im Mund und der Hand an der Waffe und konnte meinen Alptraum nicht entschlüsseln.

46

Ich hob die sechs schweren Eichenstühle auf und stellte sie in meinem Wartezimmer in Reih und Glied. Dann schob ich die Schubladen wieder in den Schreibtisch und frühstückte darauf eine Pizzaleberkäsesemmel und einen Kornspitz mit Krakauer und Gurkerl. Die leeren Bilderrahmen und die Stiche ließ ich in der untersten Schublade verschwinden. Dann nahm ich mir die Wohnschlafküche vor und wuchtete zuerst den Kleiderschrank und danach den Fernseher hoch. Meine paar Anzüge aus dem Ausverkauf, Hemden, Pullover, die paar Jeans und die Wäsche waren schnell eingeräumt.

Das Doppelbett wieder lege artis zusammenzusetzen, dauerte da schon etwas länger. Überdies war eine tragende Leiste herausgebrochen und das Ganze daher so stabil wie ein Walzer tanzendes Wildschwein. An der Küchenecke bohrte, hämmerte, dübelte, leimte und sägte ich den halben Vormittag herum, aber das Endergebnis war nicht gerade berauschend.

Alles in allem war ich diesmal entschlossen, mich kein zweites Mal mehr vertreiben zu lassen wie ein räudiger Straßenköter. Ich suchte alle Schrotpatronen zusammen, die ich besaß, und verteilte sie auf meine Jacken- und Hosentaschen.

The Readiness is all.

Gamper nahm die Sache offenbar furchtbar ernst, wenn er solche Spielchen für nötig hielt – in so eine Sache konnte man vielleicht auch nur bei uns in Kakanien hineingeraten ... Was war denn dieses Österreichische überhaupt? Dass überall, wo es nur irgendwie ging, geschoben und getrickst wurde? Die berühmte, aber tote Musik? Das Ungefähre im Denken, das Unbestimmte im Handeln? Die Utopie vom goldenen Land an der Donau, die nie wahr geworden ist? Was war denn das Österreichische schlechthin? Ein Zustand charmanter geistiger Umnachtung? Das Ende aller Initiativen? Lächelnde, penetrante Bosheit? Schmähführen auch im Angesicht des Endes? Der kleinliche Unfriede in fast jedem rotweißroten Herzen? Neurotische Gschaftlhuberei? Was machte das Österreichische aus? Dass hierzulande jeder sofort zum Untertanen regredierte, wenn man ihn zwei Sekunden lang ein bisschen schärfer anschaute und Habt-Acht stehen ließ? Eine Mischung aus Dummheit und Brutalität, gepaart mit naiver Ignoranz, womit Thomas Bernhard nicht ganz Unrecht gehabt hätte? Klammheimliche Vorfreude auf den dritten Weltuntergang? Allzeit bereite Pogrombereitschaft, wenn einem die Herren Funktionäre nur freie Hand ließen? Sich zu Tode fressen und zu Tode saufen und dabei permanent Fetzen von Wienerliedern krächzen? Oder war das Österreichische nicht auch: aufstehen und den Kopf hoch- und hinhalten für jemand anderen, vielleicht sogar für jemand Schwächeren? – Die Idee des Aufstandes wurde zwar nicht gerade bei uns geboren, aber tief drin in unserer Mördergrube waren wir alle auch irgendwie Revoluzzer. Na ja, ich jedenfalls.

47

Wieder drückte ich den Messingknopf der Torglocke der Spiegelgrund-Villa tief in das Gehäuse und wieder ließ man mich wie einen Schuljungen einige Minuten lang warten. Nichts liebten wohlhabende Leute mehr, als ihre Lakaien ein bisschen zu frotzeln. Das war besonders auch der Lieblingssport des degenerierten Harlander Bürgertums.

„Was wollen Sie denn hier, Miert?“, meldete sich schließlich aus dem Lautsprecher oberhalb der Videokamera die noch immer unangenehme, scharfe Stimme Hierlingers, des Mannes, der wahrscheinlich sogar einen Säugling ins Kreuzverhör nehmen würde.

„Vielleicht nur ein bisschen frische Luft schnappen, hier im goldenen Westen. *Wer hat dich, du schöner Wald …*“

„Sind Sie bei dieser Sauerstoffkur übergeschnappt? Am besten kehren Sie schleunigst unter Ihre Schwefelwasserstoffwolke zurück – den Dreck sind Sie wenigstens gewöhnt.“

„Manchmal werde ich das Gefühl nicht los, dass es hier am westlichen Stadtrand noch mehr stinkt als in Harland selbst, allerdings nicht nach Schwefel.“

„Was gebe ich mich mit Ihnen überhaupt noch ab?"

„Um sich von mir im Fall Helene Kafka Bericht erstatten zu lassen zum Beispiel."

Hierlinger lachte auf, sofern man mit einem Organ wie dem seinen überhaupt ein Lachen zustande bringen konnte. „Kommerzialrat Schieder hat heute Nacht einen weiteren Schlaganfall erlitten und wurde ins AKH eingeliefert. Die Ärzte geben ihm bestenfalls noch Stunden." Hierlingers Stimme war kein Gran Empathie anzumerken, nur Gift und Galle wie immer. „Heute werden Sie Ihren letzten Scheck im Postfach vorfinden. Machen Sie sich noch einen schönen Tag, denn Sie sind gefeuert, Miert!"

Dann war die Leitung tot, tot wie ein Sargnagel.

Ich war nicht überrascht, aber ich konnte nichts dagegen machen. Ich packte mein hartes Gesicht wieder ein und schlenderte zum Wagen zurück. Der Traum von der Gerechtigkeit war der erste Traum der Menschheit. Schnell war er ausgeträumt.

48

Ein Grüner Veltliner, der auf sich hält, gedeiht nur auf Granit, auf den Überresten uralter Gebirge. Feldspat, Quarz und Glimmer, die drei vergess ich nimmer. Diese Sorte war natürlich beileibe kein Chardonnay, aber ein ehrlicher Tropfen, ein Wein, der nie so richtig in, aber immer da war, zumindest im wilden Osten Österreichs. Nichts Schlimmeres konnte hierzulande einem

Wein passieren, als in Mode zu kommen. Dann stürzten sich die Laboranten auf ihn und verwandelten ihn in ein todschickes Gesöff. Ein Grüner Veltliner dagegen, der nicht aus einer ordinären Doppler-Flasche kam, war so unösterreichisch wie Marillenknödel bestreut mit Assugrin anstatt mit Staubzucker.

Auf jeden Fall fand ich mich nach der Rückfahrt vom Spiegelgrund bald am Schreibtisch meines Wartezimmers sitzend mit einem sehr kakanischen Doppler Grünen Veltliners aus Röschitz zusammen. Weinbeißend grübelte ich in den Nachmittag hinein. In diesem Zustand überraschte mich Frau Maschek abermals, stand plötzlich wieder als massive, resolute Person mitten im Wartezimmer und machte sich entschlossen daran, mein Wohnbüro zu entern – und wie ich heute weiß, hatte sie mindestens Mephistopheles geschickt, um mich noch einmal in Versuchung zu führen.

„Schon wieder indisponiert, Miert?“, fauchte sie mich nach einem missbilligenden Seitenblick aus verhuschten, wässrigen Augen auf die Flasche an.

„Marek Miert, die Flasche – jawohl, das bin ich. Der Detektiv ist allerdings der Doppler. In vino veritas, Sie verstehen?“, antwortete ich, denn heute war mir so ziemlich alles egal.

„Junger Mann!“, sagte Frau Maschek energisch und hatte plötzlich wieder Hundert-Euro-Scheine in der Hand, diesmal um einen mehr als beim letzten Mal. „Haben Sie es sich überlegt?“

„Darüber sollten wir reden!“, antwortete ich und ließ

den Doppler und das Glas im tiefsten Fach meines Schreibtisches verschwinden. Als ich mich im Sessel wieder aufrichtete, so weit dies meine Leberwerte zuließen, stand meine Besucherin über den Schreibtisch gebeugt und wedelte aggressiv mit den Geldscheinen, fast in mein Gesicht.

„Haben Sie nun eine Schusswaffe oder nicht? Das wäre für den Auftrag sicherlich enorm wichtig!"

Ich zog langsam eine Schrotpatrone aus der Hemdtasche und legte sie demonstrativ auf den Tisch: „Nicht nur eine Waffe – Artillerie!"

Im wirklichen Leben bekommt man nur selten eine zweite Chance. Für eine meiner Urgroßmütter gab es jedenfalls keine. Sie war einst stolze Besitzerin des heute noch bestehenden Gasthofes „Teufelsmühle" in der Nähe von Brunn am Gebirge und eine exzellente, böhmische Köchin gewesen, aber das nützte ihr alles nichts. Ihr zweiter Mann, den sie als Stammgast kennen lernte, hat das Wirtshaus zielstrebig versoffen; sie mussten mittellos nach Stoitzendorf ziehen, in die Heimatgemeinde des Mannes, ins Gemeindearmenhaus. Meine Urgroßmutter ist dort nach dem Aufreiben eines größeren Saales gestorben – bei der mühseligen Arbeit war sie nass geworden, hatte sich in der sowieso feuchten Armenwohnung ins Bett gelegt und eine Lungenentzündung bekommen. Sie hatte fünf Kinder, zwei vom ersten, drei vom zweiten Mann.

Auch ich hatte bis dato noch nie auch nur annähernd so etwas wie eine zweite Chance erhalten. Ich kannte meine Grenzen. Ich war lediglich ein Regionalligaspieler. Klasse Niederösterreich West, unteres Traisental.

Unvermutet hatte ich begonnen, an meine Urgroßmutter zu denken, die ich nicht einmal gekannt hatte und die mir seit meiner Erstkommunion vielleicht nicht mehr in den Sinn gekommen war, wenn überhaupt je. Mit ihrem Ende im Armenhaus genoss sie ja nicht gerade den besten Ruf in den Familienerzählungen, im Erinnerungskanon meiner Leute.

So weit war auch ich vom Armenhaus, in Zeiten wie diesen relativ nobel als Sozialamt umschrieben, nicht entfernt, wenn ich meine Einkommenssituation der letzten Jahre Revue passieren ließ. Meistens war es weitaus schwieriger gewesen, von den Auftraggebern die Honorare zu kassieren, als deren Aufträge zu erfüllen. Ich hatte mir aus Geld noch nie etwas gemacht, aber andererseits auch das Geld nichts aus mir. Daher trug ich meine Hemden auf, bis sie Löcher hatten, und die aktuelle Schuhmode kannte ich nur von den Schweißfüßen anderer. Mein Schwarzweißfernseher und mein Radio waren nicht angemeldet und ich hatte gerade mal zwei Birnen in den fünfflammigen Deckenluster in meiner Wohnschlafküche geschraubt. Nicht nur Margarine statt Butter, sondern auch Linseneintopf statt Quiche Lorraine. Ein Mittagessen im Restaurant gönnte ich mir nur, wenn jemand mit mir speiste, der aussah, als würde er die Gesamtrechnung begleichen. Die letzte hochklassige Weinflasche, die ich gekauft hatte, war mittlerweile schon eine Antiquität. Ich kannte alle Diskonttankstellen in und um Harland und von welchem Fetzenmarkt ich meine Kleidung bezog, schreibe ich nicht, weil das genant wäre.

Aber trotzdem reichte es hinten und vorne nicht. Ich musste mir eingestehen, dass ich Mascheks Job einfach nötig hatte. Das ärgerte mich. Nicht so sehr, dass ich vor Wut in meine Hand gebissen hätte, aber immerhin.

49

Wir einigten uns, wie Hitler und Stalin über Polen. Frau Maschek ließ all ihren Hass da, ihre Angst, das Geld und eine Handynummer, weil sie es im Haus nicht mehr aushielte und sich erholen müsse und daher jetzt sofort mit dem Zug nach Mariazell führe, auf eine Woche, ein paar Fürbitten bei der Magna Mater Austriae könnten ja auch nicht schaden. Außerdem trug sie mir auf, noch heute vor der Gepplgasse 23 Posten zu beziehen und diesen bis zu ihrer Rückkehr nicht mehr zu verlassen. Wenn mir die Wartezeit aber zu lang werden drohe, riet sie mir, solle ich ganz einfach die Eingangstür aufbrechen und das Haus stürmen, mit der Artillerie selbstverständlich.

„Ich kann doch nicht so mir nichts dir nichts eine fremde Tür aufbrechen!“, versetzte ich.

„Wenn ich mir Ihre Oberschenkel so ansehe, können Sie das sehr wohl!“, entgegnete Frau Maschek. Sie sah aber nicht auf meine Oberschenkel, sondern auf einen Punkt etwas weiter oberhalb. Ich verzichtete notgedrungen darauf, ihr den Unterschied zwischen Potentialität und Legalität klar zu machen.

Zum Abschied kam noch die Geschichte, das moderne Märchen von den Wuffis, die angeblich massenweise zu Kebab verarbeitet wurden. „Bei uns in der Gegend verschwinden ständig Haushunde!"

„Aha", antwortete ich und hörte eigentlich schon nicht mehr zu.

„Dem muss ein Riegel vorgeschoben werden, aber niemand tut etwas dagegen! Die machen Jagd auf unsere Hunderl! Die schlachten und kochen sie! In manchen Ländern gelten Hunde ja als Delikatesse, aber das dürfen wir doch nicht tolerieren! Hier in Europa!", echauffierte sich Frau Maschek ein weiteres Mal. Ich war mir, wenngleich aus völlig anderen Gründen als Frau Maschek, nicht so sicher, ob wir hier überhaupt in Europa waren.

Ich ließ mein zweites „Aha" hören, das beiläufig beistimmende, das „So ist halt der Lauf der Welt" bedeuten konnte oder auch „So schlecht ist die Welt". Das genügte, dass Frau Maschek mich wieder etwas sympathischer fand, ihre Angelegenheit in guten Händen wähnte und des Zuges wegen endlich ging.

Maschek, dachte ich, was glaubt die denn, von wo es ihre Vorfahren hierher verschlagen hat, doch nicht von der Maschek-Seite mit Siegfried und den Nibelungen!

Aufgrund meines Kontostandes konnte ich mir nicht immer aussuchen, für wen ich arbeitete, aber ich konnte mir aussuchen, wie ich für ihn arbeitete. Eines war jedenfalls sicher: Heute würde ich nicht mehr in die Gepplgasse fahren. Noch einige Stunden lang, bis Mitternacht, gehörten meine Zeit, mein Herz und meine Hand, mein Kopf und mein Verstand dem Fall der kleinen Kafka. Kommerzialrat Schieder hatte dafür bezahlt und ich würde jede Sekunde korrekt abrechnen, auch wenn er vielleicht schon tot war.

50

„Sie können sich vorstellen, wie schwer es mir fällt, mich bei Ihnen zu entschuldigen“, sagte ich.

Gabloner brummte nur erfreut.

Nach Frau Maschecks Abmarsch hatte ich den Doppler wieder aus den Tiefen meines Schreibtisches hervorgeholt und quasi auf der Milz weitergetrunken. Äthylalkohol half, wenn auch nur beim Lügen. Also war es an der Zeit, den alten Oberleutnant anzurufen.

„Ich muss mich dafür entschuldigen, dass ich leider erst jetzt dazukomme, Sie anzurufen – meinem Auftraggeber, Herrn Kommerzialrat Schieder, habe ich ja schon zu Mittag von der Klärung des Falles berichten dürfen“, zirpte ich. „Aber der Stress würgt uns eh alle, nicht?!“

„Welcher Fall? ... Der Fall?!“, brachte Gabloner aufgeregt hervor.

„Genau! Mein Auftraggeber wird heute noch die Harlander Staatsanwaltschaft darüber informieren, dass die kleine Kafka vom Freund ihrer Mutter verschleppt wurde, genau, vom feschen Willi mit dem roten Camaro. Der Hintergrund ist ein höchst trauriger, nämlich Pädophilie, und Harry, der Würstelstandler von der Daniel-Gran-Straße, ist da ein hervorragender Zeuge, wirklich. Und da dachte ich, ich gebe Ihnen zumindest die Möglichkeit, vielleicht noch vor dem Staatsanwalt operativ tätig zu werden."

„Warum tun Sie das, Miert?", fragte Gabloner nach. Vifer Bursche, aber er hatte den Haken schon fast geschluckt.

„Sehen Sie es als eine Goodwill-Aktion. Eine Hand wäscht die andere. Ich werde ja sicherlich noch öfters auf ein gutes Einvernehmen mit Ihnen angewiesen sein. Ich dachte mir, begraben wir all das Vergangene!"

„Wo finde ich diesen Willi?", Gabloner war interessiert, für seine Verhältnisse höchst interessiert, Phlegma hin, Misstrauen her.

Ich hörte seine Stimme laut und deutlich, entschied aber, dass es Zeit war, das Gespräch zu beenden. „Hallo? Hallo? Gabloner, hören Sie mich?"

„Natürlich höre ich Sie! Was ist denn los?"

„Gabloner, sind Sie noch dran? Ich kann Sie nicht verstehen. Hallo?" Dann drückte ich die Austaste.

Man musste seine Quellen schützen. Sonst hatte man bald keine mehr. Und größer, als sie schon waren, konnten meine Probleme mit Gabloner nicht mehr werden. Auch nach dieser Aktion nicht.

51

Kaum fing man mit dem Telefonieren an, hing man auch schon dauernd dran. Gamper erwischte mich am Handy nicht einmal eine Sekunde, nachdem ich Gabloner losgeworden war.

„Was wollen Sie? Machen Sie es kurz!"

„Wir sollten uns unbedingt noch einmal treffen!", erklärte er mir patzig, wie es halt seine Art war.

„Sollten wir?"

„Ich werde Ihnen ein Angebot machen, das Sie nicht ablehnen können."

„Ich habe sogar das Angebot der Firma Anker, dritter Ofenputzer zu werden, dankend abgelehnt."

„Was schließen Sie daraus, dass die meisten Ihrer Gläubiger ihre Forderungen mit bis zu neunzig Prozent Nachlass auf die geschuldeten Summen an mich abgetreten haben?"

Oha, dachte ich, der kauft deine Schuldscheine auf. Der meint es aber verdammt ernst. Der will den Schieder-Auftrag wirklich ganz für sich allein haben. Auch wenn er offenbar noch keine Ahnung davon hat, dass es den nicht mehr gibt.

„So intelligent bin ich nicht – erklären Sie es mir."

„Ich bin morgen sowieso in Harland, wir treffen uns um zehn im Bahnhofscafé."

„Tut mir unendlich leid, aber da habe ich einen Zahnarzttermin."

„Glauben Sie mir, es wäre besser für Sie, wenn Sie Ihre Zähne verfaulen ließen!"

„Außerdem bin ich auf Diät."

„Dann schau ich bei Ihnen vorbei. Wie gesagt, um zehn."

„Ich werde sehen, was sich machen lässt."

„Es wäre besser für Sie, diesen Termin einzuhalten!"

„Drohen Sie mir?"

„Das muss ich mir erst noch überlegen."

Irgendwo im weiten niederösterreichischen Land stand voll aufgetankt und aufmunitioniert ein Tigerpanzer in einer Scheune einsatzbereit. Irgendein Journalist, der seit Jahren auf der Suche nach diesem Tank gewesen war, soll vor kurzem verschwunden sein. Für solche Schweinereien zeichneten Leute wie Gamper verantwortlich.

52

In einem alten Aluminium-Topf meiner Waldviertler Großmutter kochte ich reichlich gemahlenen Kaffee kurz auf und ließ das Gebräu durch einen Plastikfilter in meine Thermoskanne laufen. Zucker hatte sich keiner mehr gefunden, dafür aber Milchpulver in ausreichender Menge. Ich zwang mich, drei Viertel des Kanneninhaltes am Schreibtisch sitzend auszutrinken, bis ich wieder nüchtern war. Dazu aß ich Mannerschnitten, bis mir schlecht war. Mein Blutdruck kam zwar wahrscheinlich erst jenseits von 220 zum Stehen, aber dafür war ich wieder ein Mensch.

Dreihundert Euro haben einen gewissen Charme,

auch für mich, überlegte ich. Es gibt sicherlich einen Haufen Menschen, die sogar für kleinere Beträge ihre Integrität zu Markte tragen, ihre Haut, ihr bisschen Würde oder ihr Geschlecht. Nur um vielleicht einmal vom Scharführer zum Oberscharführer befördert zu werden, sind viele ungerührt wie Dosenfrankfurter geblieben, wenn es darum ging, nackten Kleinkindern ins Gesicht zu schießen oder ihre kleinen Köpfe wie Blumentöpfe an Bäumen oder Telegrafenmasten zu zerschlagen. Wir sind von Gott in seinem Zorn erschaffen worden, hat Jaspers – oder war es Kierkegaard – einmal gesagt; es muss ein furchtbarer Anfall gewesen sein.

Ich war kein großer Moralist, aber noch nicht so weit heruntergekommen, um für dreihundert Euro meine Loyalität auf den Markt zu werfen. Und meine Loyalität gehörte noch immer jenem Mann auf dem Totenbett, auf jeden Fall bis Mitternacht.

53

„Ich hoffe, die Überraschung ist mir gelungen. Die morgige Verabredung schien mir doch zu unsicher zu sein!" Edwin Gamper stand plötzlich mit den beiden Schlägern von gestern Abend in meinem Wartezimmer und sah mir beim Kaffeetrinken zu.

„Den Weg zu mir konnten Sie ja nicht verfehlen, den kennen Ihre beiden Schergen bestens."

„Ich weiß nicht, was Sie damit andeuten wollen."

Ich überging das erst einmal. Für so blöd konnte er mich unmöglich halten. „Ihnen hat man wohl nicht gekündigt, nehme ich mal an?", setzte ich das Geplänkel mit einem Rösselsprung fort.

„Ganz im Gegenteil, unser Tätigkeitsbereich für die Firma Schieder wird sich voraussichtlich sogar noch erweitern, das darf ich wohl sagen."

„Lassen Sie mich raten, ja?! Sie sollen im Auftrag des Vorstandes zahlungsunwillige Kunden zusammenschlagen – ist es das?"

„Ich bin gekommen, um Ihnen ein letztes Angebot zu machen."

„Ein Angebot, das ich nicht ablehnen kann?"

„So sehen wir es."

Ich hatte noch immer 210 Millimeter Quecksilber Blutdruck, ein oder zwei Restpromille im Blut und eine Wut, eine Mordswut, die sich von Minute zu Minute noch steigerte.

Mit diesem Druck im Kopf hatte ich, ich weiß nicht recht wie, die abgesägte Schrotflinte aus einer der Schreibtisch-Schubladen gefischt und richtete sie auf Gamper.

„Steigen Sie auf den Schreibtisch, Gamper!"

„Warum?"

„Damit Sie einmal, einmal nur eine andere Perspektive gewinnen!"

Gamper rührte keine Miene, keinen Finger.

„Machen Sie schon, Gamper! Sie tun es nicht für mich, Sie tun es für sich selbst!"

Gamper blickte auf den extrem kurzen Lauf der

Schrotflinte und sagte leise: „Das traue ich Ihnen nicht zu, Miert. Das traue ich Ihnen einfach nicht zu.“ Seine Mannen sagten nichts, gar nichts.

„Vor zwei Jahren haben sie nicht weit von hier, in der Bahnhofstoilette, einen Kopf gefunden. Einen bartlosen Männerkopf mit Bürstenhaarschnitt und mittelprächtigen Zähnen in einem gelben Billa-Einkaufssackerl. Man hat nie herausgefunden, wem der Kopf gehört hat und wer ihn abgeschnitten hat. Können Sie ausschließen, dass ich es gewesen bin? Können Sie das hundertprozentig ausschließen?“

Ich hätte abgedrückt. Gamper war zweifellos ein mächtiger Mann, aber manchmal war eine Hand voll Schrot noch mächtiger. Jeder in dem Geschäft wusste, dass man mit einer Schrotflinte so gut wie gar nicht danebenschießen konnte. Die beiden Schergen schlichen sich auf Zehenspitzen nach hinten aus dem Raum.

„Ich habe Sie gewarnt, Miert!“, keuchte Gamper.

„Das kann man wohl sagen! Einen ganz schönen Schreck haben Sie mir eingejagt mit Ihren Bubis!“

Der Rückzug des Trios fand dann zwar statt und nicht gerade ehrenvoll, aber den Teufel kann man nicht resozialisieren und nichts hätte die drei daran hindern können, eventuell gleich wiederzukommen. Ich packte also meinen Kulturbeutel, Wäsche, ein paar T-Shirts und eine zweite Hose sowie die Mozartkugeln und meine Artillerie in einen Rucksack und machte mich abermals durch den Keller davon. Den Trick mit der Kohlenklappe hatten Gamper & Gamper zum Glück noch immer nicht überrissen. Der Granada stand in einer Seitengasse.

Wenn ein Fall wirklich heiß wurde, war es mitunter oft besser, man war eine Wolke. Außerdem würde sich Gabloner sicher bald mit einer halben Hundertschaft Sicherheitswachebeamter auf Willi stürzen, und es war ratsam, nicht erreichbar zu sein, wenn der alte Oberleutnant von seinem diesbezüglichen Termin bei der Stapo wieder zurückkam.

Harland war für mich verbrannte Erde.

54

Aufgelassene Schottergruben, bis an den Rand illegal aufgefüllt mit Müll, die knallrosa Fassaden von kleinen Fernfahrerpuffs, Schrebergartenkolonien, Altreifen-Zwischenlager unter freiem Himmel, schmierige Würstelstände, Drive-in-Grillstuben und die unvermeidlichen Diskontschuhmärkte lagen an der einzigen Ausfallstraße nach Süden, in das voralpine, dünn besiedelte Hinterland Harlands, einer Straße, an der richtig Geld verdient wurde. Seit Monaten schon hatte Gott den Süden Harlands unter einen Glassturz gestellt und allen Regen, allen Tau, alle Wolken außen abrinnen lassen. Das bisschen Flora, ein paar Trockenwiesen, Kartoffeläcker und Gestrüpp über den Schotterböden war kotig braun, verbrannt, verdorrt und löste sich langsam in Fetzen auf. Nur rund um vereinzelte Einfamilienhäuschen und winzige Gartensiedlungen prangte üppiges Koniferen-Grün, und wer dort hauste, hatte das Gießen wohl schon zum Fulltimejob gemacht. Die Luft war auch an diesem Tag trocken, voller Staub, Sand und sonstiger Partikel.

Die bald nach Spratzern abzweigende Lilienthalgasse führte umständlich und gewunden in eine alte Gartenkolonie, ein ehemaliges Bretteldorf, illegal in der Zwischenkriegszeit von Arbeitslosen errichtet, zwischen einem Föhrenwäldchen und einem wilden Schuttabladeplatz. Die Nachfahren waren inzwischen zu ein bisschen Geld gekommen und hatten die ererbten Hütten vorwiegend im pseudoalpenländischen Stil erweitert und geschmückt. Kleine Buden mit großen, geschnitzten Holzbalkonen und mittelprächtigen Hirschgeweihen über den Türen. Auch die Gärtchen waren wie aus dem Katalog und die Artenvielfalt an mediterranen und noch exotischeren Gewächsen erstaunlich.

Nummer 14 war eine große Garage aus verwittertem Plattenbeton, und davor ein ebenerdiges, grün gestrichenes Holzhäuschen, die Wohnung des siebenten Zwergs. Rund um die beiden Baulichkeiten standen drei, vier Pkw-Wracks und ein alter Traktor, alles von hohen gelben Gräsern, Disteln und Brennnesseln überwuchert. Es gab keinen Zaun, keine Klingel, keinen Türklopfer und die wenigen Fensterscheiben waren trüb und schlierig. Das ganze Anwesen sah trostlos und verlassen aus.

Auf der sattgrünen Wiese des Nachbargrundstückes kniete eine ältere, magere, stark behaarte Frau in einem zuckerlrosa Badeanzug vor einem Gartenzwerg und wusch ihn in einem Lavoir voller schäumender Seifenlauge.

„Wie machen Sie das nur, gnädige Frau, dass bei Ihnen alles so grünt und blüht und sprießt und sprosst?“, versuchte ich ins Gespräch zu kommen.

„Ah, da ist nichts dabei – die Pumpe von unserem Hausbrunnen fördert sechstausend Liter pro Tag.“

„Der Herr Leeb ist nicht zu Hause?“

„Wie bitte?“

„Der Herr Leeb – ist er da?“

„Was wollen Sie denn von ihm?“

„Ich hätte ihm einen kleineren Geldbetrag zu überbringen, eine alte Schuld.“

„Also, da ist er nicht – vielleicht, wenn Sie wollen, könnte ich ja ... Ich übernehm ja auch seine Post, aber da ist nicht viel.“

„Ich wollte ihm die Summe eigentlich persönlich übergeben.“

„Also, ich hab ihn seit zwei, drei Monaten nicht mehr gesehen hier. Er steht zwar noch im Telefonbuch unter der Adresse, aber wohnen dürfte er woanders.“

„Wo ist er denn hin?“

„Seit seine Frau vor ein paar Jahren gestorben ist, war er irgendwie schon ein bisserl seltsam. Hat immer seltener an seinen Wracks herumgebastelt und ist kaum mehr aus der Hütte herausgekommen. Auch mit seiner Tochter war es nichts, soll ja eine ziemliche Strawanzerin sein. Er hatte, glaube ich, keinen Kontakt mehr mit ihr. Nur mit seiner Enkeltochter; das

Lientscherl war oft hier im Sommer, aber die ganze Erziehung von der Mutter her hat ihm nicht gepasst und da konnte der Franz giftig werden, richtig giftig, wenn er wollte! Und dann ist ja das Unglück mit der Helene passiert. Ich hoffe nur, er hat sich nichts angetan!"

„War die Helene oft hier?"

„Na, praktisch jeden zweiten Tag. Die hat auch manchmal übernachtet hier, wenn sie es gar nicht mehr ausgehalten hat. Einmal hat die Mutter sogar die Fürsorge geschickt, um sie wieder nach Hause zu holen."

„Und wie war das am 27. Mai?"

„Sie klingen aber nicht wie jemand, der nur ein paar Netsch loswerden will."

„Sie haben Recht, ich bin Polizist."

„Spät kümmert ihr euch um den Leeb, sehr spät!"

„Wo ist er denn hin?"

„Ich weiß nicht, gesagt hat er nichts, aber vielleicht nach Hinterholz. Von dort ist er ja her."

„Aha", brummte ich etwas ratlos, „wo liegt das?"

„Wo das liegt? Na, bei Groß-Sierning."

„Und wo liegt Groß-Sierning?"

55

Die Gepplgasse war lang wie ein Wiederkäuerdarm und wurde links und rechts von kleinen Einfamilienhäusern aller Fertigteilhaus-Stile der Sechziger- und Siebzigerjahre, aber auch von einigen armseligen Kolonistenhäuschen der Zwischenkriegszeit gesäumt. Außerdem war sie auch noch eine Sackgasse, gut mit Straßenlaternen bestückt, und es gab keinerlei Durchzugsverkehr. Ein fremdes Auto fiel hier auf wie ein Elefant in einem Flohzirkus. Noch dazu nachts. Im langsamen Vorbeifahren erkannte ich Nummer 23 als beiges, windschiefes, ebenerdiges Häuschen mit einem verwitterten Eternit-Dach, einem Vorgarten mit einem geduckten, verhutzelten Mostobstbaum und Pfingstrosen, mit einem grün oder blau gestrichenen Drahtgitterzaun sowie mit einem betonierten Weg, der an der rechten Hausseite zu einem Windfang aus Welleternit führte. Das Maschek-Domizil daneben auf Nummer 25 war ein mittlerer Provinzbungalow, spätes Neo-Bauhaus, mit Flachdach und viel Natursteinpflaster und einem schmiedeeisernen, schwarzen Gartenzaun.

Ich hatte irgendwie den unbestimmten Eindruck, dass in beiden Anwesen niemand mehr wohnte, es waren keine Häuser mehr, sondern bloße Objekte.

Nicht viel klüger als zuvor wendete ich am geschotterten Umkehrplatz am Ende der Gasse. Beim Zurückfahren erhaschte ich einen Blick auf einen Obstgarten hinter dem Zimber-Haus und auf ein weites Areal dahinter aus Gebüsch und hohem Gras, den Rest einer Au vielleicht. Ich bremste abrupt, brachte den Granada mit einem leicht quietschenden rechten Vorderreifen, der leider schon sehr abgefahren war, zum Stehen und stieg aus. Ich war noch keine fünf Meter auf das Haus zugegangen, als sich auf Nummer 21 schon ein Fenster öffnete. Eine eher unsichere, weibliche Stimme: „Mein Mann hält sich im Nachtkästchen eine voll aufmunitionierte Beretta."

„Keine Angst, ich wollte mir das Zimber-Haus nur einmal von außen ansehen. Ich habe nämlich gehört, es wäre zu verkaufen."

„Schon möglich, die Frau Zimber hab ich schon lange nicht mehr gesehen. Aber wissen tu ich nichts Bestimmtes darüber. Ich weiß nur, dass es schon sehr spät ist!"

„Ich glaube, die andere Nachbarin, die Frau Maschek, hat mir gegenüber so etwas erwähnt, von einem bevorstehenden Verkauf."

„So? Die Frau Maschek? Sind Sie sich da ganz sicher?"

„So wie man sich sicher sein kann, dass jetzt ein Schluck Kaffee ganz gut wäre für einen ..."

„Da müssen Sie aber ein Medium sein, Respekt!"

„Wieso?"

„Weil die Maschek nämlich seit gut einem Vierteljahr tot ist! Das Maschek-Haus steht auch leer."

„Dann muss mir das jemand anderer erzählt haben, ein Makler vielleicht, ich bin ja schon seit Wochen auf der Suche nach einer neuen Bleibe."

„Sie können mir erzählen, was Sie wollen, mein lieber Herr – ich rufe jetzt auf jeden Fall die Polizei!" Damit wurde das Fenster zugeschlagen.

Einem Derrick wäre das wohl nie passiert, der machte eben Eindruck auf die Leute in seinen properen deutschen Anzügen.

56

Tausende und Abertausende Jahre lang hatte der Traisenfluss Schotterbänke hin und her geschoben und als er sich gegen Ende der letzten Eiszeit und dem Verschwinden seines ihn speisenden Gletschers in ein anderes, tieferes Bett zurückzog, blieben die Steinfelder, die quarzigen Buckel und Kämme, die Kieselhügel und Leiten einfach liegen. Darauf ratterte ich jetzt mit dem Granada herum, auf gewundenen Feldwegen und bloßen Pfaden, auf elenden Straßerln und landwirtschaftlichen Trassen und ich machte mir große, wahrscheinlich berechtigte Sorgen um die Achsen meines Gefährts. Und das alles ohne Scheinwerfer in zäher Dunkelheit. In einer modernen Stadt wurde es ja eigentlich nie richtig finster, aber hinter der Gepplgasse schon.

Mit wachsendem Missmut fuhr ich die ganze Gegend rund um die Kolonie ab, aus der nie etwas Rechtes geworden war, aber erst nach mehr als einer Stunde kam ich auf die Gstätten hinter der Gasse. Dem Berufsbild entsprechend hätte ich jetzt durch das hohe Gras robben und mit einem Nachtsichtgerät das Haus Gepplgasse 23 im Blick halten sollen. Stattdessen blieb ich im Wagen sitzen, genehmigte mir einige Mozartkugeln – ich glaube, insgesamt elf Stück – und schlief mit klebrigem Magen ein.

57

Eine grün lackierte Hintertür aus ein paar Holzbrettern. So wie ich diesen Haustyp kannte, führte sie in die Küche. Ich hatte keine Lust, vielleicht den ganzen Tag und noch eine Nacht im Gemüse zu verbringen, und fasste daher einen Entschluss.

Ich hatte traumlos und schlecht auf dem zurückgekippten Fahrersitz geschlafen und war durch das erste anämische Tageslicht geweckt worden. Ich hatte den Sitz wieder in eine normale Position gebracht und an Unerreichbares wie eine Tasse Milchkaffee, eine volle Badewanne und meine Zahnpasta mit dem Geschmack nach sauberen, blauen Badezimmerfliesen gedacht. Dann hatte ich fast eine Viertelstunde auf die Hintertür des Hauses Gepplgasse 23 gestarrt.

Es roch nach Ozon, so früh am Tag schon, und das verwirrte mich wohl endgültig. Ich wusste nur mehr, dass ich es jetzt wissen wollte. Seit fünf Tagen drehte ich mich im Kreis und jeder hielt mich am Schmäh. Meine bisherigen Ermittlungsergebnisse waren so viel wert wie ein angebissener Kinderkeks und ich war nirgends auch nur irgendwie weitergekommen. Jetzt wollte ich es aber wissen! Ich stieg aus dem Wagen und ging langsam auf die Tür zu. Auf dem Bauch dorthin zu robben, schien mir mit dem Ernst meines Entschlusses und mit meinem Kampfgewicht nicht vereinbar.

Das Leben ist unvernünftig in all seiner Pracht und Brutalität. Jedes Lebewesen schießt gelegentlich übers Ziel. Ein Tritt und die Tür wackelte. Ein zweiter und die ganze Konstruktion ging fast aus dem Leim. Ein dritter und der Sperrbolzen des Schlosses war nicht mehr im Türstock verankert. Mit Vernunft hatte dieser ganze Einbruch wirklich nicht viel zu tun. Wieder einmal ein schöner Tiefpunkt in deiner Karriere, Conan Miert!

Die Küche war sauber aufgeräumt, aber auf den offenen Flächen hatte sich bereits ein dünner Staubbelag breit gemacht, rau und farblos wie die Haut eines Pfirsichs. Ich öffnete ein paar Schränke. Wenig Geschirr, ein paar Putzmittel und Fetzen. Außer ein bisschen Salz waren keine Lebensmittel vorhanden. Wenn es einen Kühlschrank gegeben hätte, wäre der auch leer gewesen.

Das nächste Zimmer war ein altdeutsches Schlafzimmer. Das Doppelbett war gemacht und mit einer hellblauen, bestickten Tagesdecke überzogen. Wahrscheinlich hatte darin seit Monaten niemand mehr geschlafen. Wohnzimmer und Bad waren ebenfalls leer, trostlos, überall roch es nach Abwesenheit, Muffigkeit, nach nichts. Auf die Inspektion von Windfang und WC glaubte ich verzichten zu können, jetzt interessierte mich nur mehr die Kellertür.

58

Am Fuß des Kelleraufgangs stand plötzlich ein kaum mittelgroßer, grauhaariger, zartgliedriger Mann in einem verdreckten grauen Anzug und schwang mit beiden Händen ein ordentliches Stück Kantholz gegen mich.

„Mein Mann Arzt. Wird nichts tun Ihnen!“, ließ sich hinter ihm eine Frauenstimme vernehmen.

„Frankenstein war auch Arzt. Ganz zu schweigen von Dr. Mengele“, antwortete ich und machte einen raschen Sidestep. Aber der schmächtige Mann schlug nicht zu. Eine vielleicht fünfzigjährige Frau mit dunklen Haaren und noch dunkleren Augen nahm ihm von hinten sanft den Prügel aus der Hand und ließ das Stück Holz zu Boden fallen. Ihr Mann hatte noch immer beide Hände erhoben, jetzt sah ich aber, dass er zu weinen begonnen hatte.

„Woher kommen Sie?“, fragte ich unsicher.

„Wir kommen ... von Rand.“

Der Rand Europas und die Festung Europa, dachte ich.

„Aus Afghanistan“, sagte die Frau mehr zu ihrem Mann als zu mir und drückte ihm sanft die Hände nach unten, „aus Hölle.“ Sie trug grüne Jeans und eine langärmelige Bluse aus dunklem, brüchigem Stoff.

Plötzlich ein heiseres, hohles Husten aus dem halbdunklen Kellerloch hinter den beiden, wieder ein Husten, ein Husten und Husten. Ich schreckte zusammen, meine Nerven waren nach den ganzen Geschichten dünn wie Zahnseide.

„Kind. Kleines Kind“, sagte die Frau. Der Mann weinte jetzt leiser.

„Ihr Kind?“, fragte ich und deutete auf beide.

„War plötzlich in unserer Gruppe, als geschleust wir

durch Rumänien oder Ungarn. Stummes Kind. Nur husten. Niemand wollen Kind-kann-nicht-sprechen. Niemand wollen essen geben. Mein Mann Arzt ..."

„Ich verstehe." Der Vergleich mit Mengele tat mir jetzt leid, sehr leid.

„Wie sind Sie hierher gekommen?"

„Weiß nicht. Mit Camion, mit Bus, viel Fuß. Haben elftausend Dollar bezahlt. In Büro Kabul."

Die österreichische Asylgesetzgebung der letzten Jahre, dachte ich mir meinen Teil, verunmöglichte es politisch, ethnisch oder religiös Verfolgten mittlerweile vollkommen, hierzulande Asyl zu erhalten, und machte sie ganz legal zu Illegalen. Der Grund lag darin, dass Asylanträge von Menschen, die zugaben, zu Fuß, mit dem Auto, mit dem Fahrrad, dem Bus, dem Boot oder schwimmend oder durch einen Tunnel kriechend oder mit der Eisenbahn nach Österreich gekommen zu sein, nicht anerkannt wurden, weil die Einreise aus so genannten sicheren Drittstaaten, von deren Boden aus erfolgt sei. Unsere Insel der Seligen war nach Meinung der Regierenden bis weit über den Ural hinaus ausschließlich von sicheren Drittstaaten umgeben. Eine legale Einreise von Nicht-EU-Bürgern nach Österreich, überlegte ich, war wahrscheinlich nur mehr für Schweizer oder Nordamerikaner kein Problem, alle anderen hatten es da schon ein bisschen schwerer. Aus Ländern wie der Elfenbeinküste, Liberia oder Afghanistan hatten in all den Jahren wohl nur mehr die jeweiligen Staatspräsidenten und ihr Hofstaat Visa nach Wien erhalten, für Staatsbesuche und ausgedehnte Shoppingfahrten.

„Und wo wollen Sie hin?“

„Sie sind Polizei?“

„Keine Polizei, keine Polizei.“

Sie schwieg. Wieso auch hätte sie mir glauben sollen?

„Wo wollen Sie hin?“

Da sagte sie: „Deutsche Schul Kabul. Goethe. Mein Vater mich lernen lassen. In Stuttgart Verwandte von mein Mann.“

„Nach Stuttgart wollen Sie?“

„Verwandte von mein Mann. Krähenbachstraße 17.“

„Und wie wollen Sie dort hinkommen?“

„Mann, der bringen, seit zwei Wochen nicht gekommen. Mann, der bringen uns in dieses Haus. Mann, der bringen uns Stuttgart. Seit zwei Wochen nicht. Kein Essen. Nichts.“

Ich hatte schon davon gehört, dass es die neue Taktik der Schlepper war, die Flüchtlinge nicht mehr direkt hinter der Grenze wie heiße Kartoffeln fallen zu lassen, sondern bis zu verdeckten Stützpunkten im Hinterland zu verfrachten. Die Mafia ließ sich eben immer etwas Neues einfallen. Auch wenn an der Grenze die halbe österreichische Armee aufgestellt war, es gab immer einen Weg.

„Ihr Schlepper ist, fürchte ich, entweder tot oder im Gefängnis, oder er hat sich ganz einfach aus dem Staub gemacht“, sagte ich und die Frau übersetzte es ihrem Mann in eine Sprache ohne Vokale, worauf er wieder stärker weinte.

Was den alten Eisernen Vorhang des ehemaligen Ostblocks vom neuen der EU unterschied, dachte ich, war vor allem die Richtung. Aus der DDR beispielsweise durfte keiner raus, jetzt darf keiner mehr rein, der das Pech hat, aus Richtung Osten zu kommen und ein Habenichts zu sein. Am alten Eisernen Vorhang waren einst die Hoffnungen von Millionen Menschen zerbrochen, aber auch der neue war längst nicht so klinisch sauber, wie uns das die Regierungen glauben machen wollten. Nicht alle Schengen-Aufgaben konnten ausschließlich mit elektronischer Raffinesse erledigt werden, da blieb schon gelegentlich jemand auf der Walstatt liegen.

Das Kind hatte zu husten aufgehört und ich sah es im Halbdunkel auf einer Decke hocken, winzig, apathisch und hoffnungslos. Tu felix Austria, dachte ich, wenn man den Zeitungen glauben konnte, würde das Bruttoinlandsprodukt dieses Jahr zwar nur um ein halbes, die Kfz-Zulassungen dagegen um acht Prozent wachsen. Die Prioritäten waren da wohl klar: lieber einen neuen Golf als einen alten Afghanen. An Menschen herrschte hierzulande nicht gerade großer Bedarf. Ex oriente cash war bei uns gefragt, und das erfüllten die georgischen „Investoren" locker vom Hocker, nicht aber die Flüchtlinge.

„Ich glaube, ich wollte immer schon mal nach Stuttgart", sagte ich und wunderte mich über das, was ich da sagte, und wusste auch nicht, warum ich das sagte, in einem halbdunklen Erdkeller, der nach Rattenkot und Schimmel und alter, schlechter Luft roch. Ich war entsetzt über mich selbst, heller Wahnsinn, heller als tausend Sonnen.

„Ich war noch nie dort“, fügte ich lächelnd hinzu. Anscheinend wollte ich den Gampers dieser Welt und der Festung Europa, dachte ich, schon immer mal eins auswischen.

Die Frau übersetzte und plötzlich fiel der grauhaarige Mann, der mein Vater hätte sein können, vor mir auf die Knie und versuchte einen meiner Schuhe zu küssen. Die steindunklen Augen der Frau leuchteten wie poliert, mit der rechten Hand bot sie mir einen Fünfzig-Dollar-Schein an.

„Letztes Geld. Für Sie.“

„Auf gar keinen Fall!“, wehrte ich peinlich berührt ab. „Behalten Sie Ihre paar Netsch, Stuttgart ist teuer! Und sagen Sie Ihrem Mann bitte, dass er sofort wieder aufstehen soll.“

59

Diese ewig gleichen öden Gespräche über Magertopfen, Diner Canceling, Fettverbrennung, Diätschinken, Proteinpowerpulver, Salatbars, kalorienarmen Schweinsbraten, Trennkost und den ganzen Schwachsinn, mit dem sich die Österreicher Tag für Tag selbst zu quälen, sprich, zu unterhalten pflegten, vor allem im Fernsehen und in allen anderen Medien, hatte mir schon immer zum Halse hinausgehangen wie irgend so eine magere, farblose, mehlige Diät-Putenwurst, aber ihr absurder, ja perverser Charakter kam mir erst richtig zu Bewusstsein, als ich meine drei Passagiere im Fonds des

Granada Müsliriegel, Schokoladekekse, Eiersandwiches und Orangen verschlingen sah, die ich säckeweise an einer Tankstelle außerhalb Harlands gekauft hatte.

An dieser Tankstelle hatte ich auch gefunden, dass es an der Zeit war, meine Auftraggeberin zu informieren, besser gesagt nicht zu informieren.

Ich wählte die Nummer, welche sie mir hinterlassen hatte.

„Österreich-Bewegung, Hojac", meldete sich Frau Mascheks Stimme. Geschockt beendete ich das Gespräch, noch bevor es eigentlich begonnen hatte.

Na, da hätte ich der Österreich-Bewegung aber einen schönen lokalen Wahlkampfschlager geliefert, wenn ich die drei der feinen Frau Maschek – oder wie auch immer sie in Wirklichkeit hieß – gemeldet hätte! Schon beim bloßen Gedanken daran zitterten meine Hände am Lenkrad. Mit mehr Glück als Verstand hatte ich gerade noch genügend Gespür aufgebracht, um nicht, ohne es zu wollen, zum Denunzianten zu werden. Die Sache war haarscharf an mir vorübergegangen. Die braune Bagage hatte eben Pech gehabt in der Wahl ihres gedungenen Rechercheurs: Man konnte mich nicht für alles mieten, ich lieferte keine Menschen aus. Auch nicht für dreihundert Euro. So viel Stolz konnte ich mir gerade noch leisten.

„Wie fahren Stuttgart?", fragte die Frau, als wir wieder auf Fahrt waren.

„Über Hinterholz und über viele, viele Nebenstraßen. Ich glaube kaum, dass uns eine Autobahn sehen wird. Eine gemütliche Landpartie."

Ich konnte spüren, dass die Frau im Stillen der Meinung war, mit der Gemütlichkeit werde es vielleicht nicht sehr weit her sein. Das Kind, ein vielleicht drei Jahre alter, süßer Balg aus viel Haaren und wenig Körper, hustete nicht mehr, seit es gegessen hatte.

„Wie heißen Sie übrigens? Falls wir kontrolliert werden sollten, werde ich Sie als meine angeheiratete bosnische Verwandtschaft ausgeben." Besser ein verzweifelter Plan als gar keiner.

„Saida. Meine Mann Adib."

„Aha."

„Familienname wir viel, Ibrahim erste."

„Ich bin Marek Miert. Sie können Marek zu mir sagen, Marek der Meschuggene."

„Was Meschuggene?"

„Merken Sie sich den Namen Sarajevo. Das ist eine Stadt. Dort sind Sie her."

„Warum tun Sie?", fragte Saida.

„Vor fünf Tagen wäre ich fast erschossen worden. Das verändert ein bisschen die Perspektive", räsonierte ich. „Ich habe in meinem Leben schon so viel Mist gebaut, jetzt möchte ich einmal, wenigstens einmal das Richtige tun. Ohne Wenn und Aber!"

Außerdem konnte Harland einmal ganz gut eine Zeit lang ohne mich auskommen, fand ich, vor allem wenn ich an Gabloner und die Gamper-Partie dachte und die mir drohenden Feindseligkeiten vonseiten dieser werten Herren. Stuttgart war dagegen immer eine Reise wert. Und Hinterholz vielleicht auch.

Was hielt mich denn eigentlich noch in Harland?

Allzu viel Wert hatte man dort noch nie auf mich beziehungsweise meine Anwesenheit gelegt. Heimat? Was war das schon? Wo man geboren wurde auf Kosten der Krankenkasse? Oder der Einzugsbereich jenes Postamtes, das die meisten Partezettel austragen würde am Ende? Wo man seine Salatgurken im Trainingsanzug einkaufte und die gleichen Burger aß wie überall anders auf der Welt auch. Heimat? Ein Geruch nach Schokolade und Bettnässen, nach Heftpflaster und Kirschen aus dem Supermarkt, nach alten Karl-May-Bänden und den Abgasen der Kunstseidefabrik; wo man Koschanosch sagte statt Imbiss und im Leberkäse niemand nach Leber suchte.

Nur eines gab es, was mich doch noch an Harland fesselte wie an eine verrückte Liebhaberin mit einer Papierrose im Haar, nämlich, dass Willi davonkommen, dass ihm fraglos nichts passieren würde, nicht mehr, als von Oberleutnant Gabloner bei der Festnahme ein bisschen härter angefasst zu werden. Ich malte mir diese Szene zwar genüsslich in Gedanken aus, wusste aber, dass Gabloner dabei letztlich den Kürzeren ziehen würde, sobald es Willi nur gelang, seinen Führungsoffizier bei der Stapo anzurufen.

Eines Tages, das wusste ich, würde ich zurückkommen, um diesen Willi ans Messer zu liefern, an irgendein schärferes Messer.

60

Sonnenstrahlen brachen über einen vor Feuchtigkeit dampfenden Himbeerschlag herein, tanzten über jungen, aufwachsenden Erlen, verhängten sich im Reisig hoher, flechtenbewachsener Kiefern und verloren sich im dunkelblauen Forst. Je tiefer wir in den Dunkelsteiner Wald kamen, desto größer wurde meine Hoffnung, dass irgendwie noch alles gut ausgehen könnte, haarscharf, gegen alle Wahrscheinlichkeit, gegen die Logik meines ganzen Lebens.

Einige Kilometer nach Groß-Sierning entdeckte ich ein einfaches Holzschild mit der handgemalten Aufschrift „Hinterholz“ und bog auf einen mit schwarzgrünem Serpentin geschotterten Feldweg ein, der steil aufwärts führte durch eine Kolonie riesiger Fichten. Die majestätischen Pflanzenleiber nahmen ebenso wie der Weg kein Ende und plötzlich stiegen sehr archetypische Ängste in mir auf.

„Hänsel und Gretel“, sagte Saida, die offenbar meine Gedanken lesen konnte.

„Keine Angst – kein Wolf! Das gefährlichste Raubtier, das es hier gibt, ist die Zecke“, antwortete ich.

„Zecke?“

Plötzlich riss der Wald auf wie der Vorhang bei einer Max-Reinhardt-Inszenierung und wir sahen vor uns einen sanften Wiesenhügel ansteigen, der von einer grauen Keusche mit Schindeldach und einer Fertigteilgarage gekrönt wurde. Das Band des Feldweges endete dort.

61

Die Scheune stand neben dem Fahrweg halb im Wald und halb schon auf der Hinterholz'schen Wiese und war voll altem, leicht feuchtem Stroh, das wohl keiner mehr gebrauchen konnte.

„Sie nicht wiederkommen!", sagte Saida leise.

„In unserer Kultur, Saida", erwiderte ich, „gibt es nur zwei Dinge, die ein Mann unbedingt besitzen muss: ein Auto und eine Uhr."

Den Videorecorder samt Kamera, den Fernseher, den PC, das Handy, den digitalen Fotoapparat, den dunklen Anzug, die Kiste Bier und die Pornosammlung ließ ich besser unerwähnt.

„Also, das Auto kann ich euch nicht dalassen, aber meine Uhr!", setzte ich fort, nahm meine Armbanduhr ab und reichte sie ihr. Eine alte Tissot, nichts wert, aber da sie von meinem Großvater stammte, würde ich wohl wiederkommen, um sie zu holen.

„Sie Mann von Ehre", sagte Saida.

Wenn ich nichts mehr hatte, meine Ehre hatte ich tatsächlich noch – ein bisschen sehr zerkratzt und verknittert zwar, aber sie hatte sich überraschenderweise gehalten.

„Ich muss euch für ein paar Minuten oder ein paar Stunden hier unterbringen, versteht doch! Ich weiß nicht, was mich in Hinterholz erwartet. Wenn ich bis morgen Früh nicht zurück sein sollte, geht ihr allein weiter – oder stellt euch bei der Gendarmerie in Groß-Sierning."

Ich kam mir vor wie der Feldmarschall einer bereits geschlagenen Armee.

„Hier sind der Autoatlas und dreihundert Euro – wünschen wir uns Glück."

Ich schüttelte Saida und Adib in der Scheune die Hand. Sie ließen es geschehen. Plötzlich sagte das Kind ein sehr kurzes, sehr fremdes Wort.

„Was hat es gesagt?", fragte ich.

„Nix wissen. Keine Sprache ich verstehen", antwortete Saida.

62

Im Näherkommen sah die Keusche noch armseliger aus. Aber wenn auch schon seit Jahrzehnten keinerlei Farbe auf die Fassade der Holzhütte verschwendet worden war, schien doch alles intakt zu sein. Inklusive der rohen Holzbank vor dem Haus, auf der ein hoch gewachsener Greis in blauer Arbeitsmontur saß. Alles war – bis auf die Fertigteilgarage – wie aus einem Bild von Defregger, die Blumenwiese, der sanfte Hügel, das kleinbäuerliche Anwesen, der würdige Alte, und genau über der Idylle schwebte eine Zirruswolke und der Sommerhimmel strahlte mildblau.

Ich hielt darauf zu und den Granada wenige Meter vor der Ruhebank an.

„Ah, eine Harlander Autonummer", sagte der alte Mann, als ich ausgestiegen war, „von so weit her und dann gerade nach Hinterholz? Wer schickt Sie?"

Er sagte es sanft, freundlich, wie in einer Werbung für Alpenmilchschokolade, aber, es war kaum zu glauben, in seiner Rechten hielt er doch tatsächlich eine Eierhandgranate!

„Sie sollten verdammt vorsichtig sein mit dem Ding", sagte ich und blieb mit beschleunigter Atmung ruckartig stehen.

„Sie sollten auch vorsichtig sein. Also, wer schickt Sie?"

Ich hatte das Gefühl, hier nur mehr mit der Wahrheit und mit nichts als der Wahrheit weiter- und vielleicht lebend wieder wegzukommen.

„Ein Toter schickt mich", antwortete ich, „Kommerzialrat Schieder."

„Was? Ist er tot?"

„Das nehme ich doch an. Die Ärzte haben ihm nur mehr Stunden gegeben. Das war vor zwei Tagen."

„Das kann sich nicht einmal der mehr richten!", brach es aus dem alten Mann heraus.

„Also kannten Sie ihn?"

„Was hat er Ihnen erzählt über mich?"

„Nichts, Herr Leeb."

„Dachte ich mir", sagte der Alte bitter, „und was hat er erzählt über sich?"

„Viel. Seinen halben beruflichen Werdegang jedenfalls."

„Wissen Sie, er war nicht der einzige Automechaniker damals in Harland", sagte der alte Leeb mehr zu sich selbst als zu mir, „die ersten Wracks haben wir gemeinsam aufgebaut. Ich bin zwar eigentlich Drucker, aber gelernt ist gelernt, drei Jahre im Heereskraftwagenpark in Wilna, HKP 562, bis zum Ende."

Ich rührte mich nicht.

„Und gemeinsam haben wir dann von Major Skowtschenko diese Werkstätte zugewiesen bekommen, mit der hat alles begonnen. Aber Schieder ist hinter meinem Rücken auf die Gemeinde gegangen und hat sich das ganze Grundstück überschreiben lassen."

„Wie war das möglich?"

„Auf Druck der Sowjets haben damals viele Immobilien den Besitzer gewechselt, deren Wort war Gesetz, das können Sie mir getrost glauben."

Nach einer kleinen Pause fuhr Leeb fort: „Als er mich nur mehr wie einen Angestellten behandelte und nicht wie einen Partner, bin ich gegangen. Seitdem habe ich nie wieder ein Wort mit ihm gesprochen, über fünfzig Jahre nicht, kein Wort."

„Immerhin hat er mich engagiert, um Ihre verschwundene Enkeltochter zu suchen", wagte ich einzuwenden.

„Und? Haben Sie sie gefunden?"

„Ich glaube doch", antwortete ich und sah, wie die Hand mit der Granate zuckte.

„Wo?"

„Auch wenn Sie jetzt gleich die Handgranate auf mich werfen – ich glaube, hier! Hier im Haus!"

Der alte Mann war plötzlich ganz still. Dann sagte er: „Warum schweigt Gott?"

„Keine Ahnung."

Ich schwitzte inzwischen Blut und Wasser und der

offenbar halbwahnsinnige Greis vor mir begann ein theologisches Quiz.

„Das tut er auch nicht, im Gegenteil. Der spricht andauernd. Man muss nur richtig hinhören. Manchmal verlieren wir seine Stimme vielleicht, dann muss man wieder neu hören lernen."

„Aha."

„Ich habe immer gewusst, dass irgendwann einer wie Sie hierher findet!", sagte Franz Leeb langsam und dann steckte er die Granate ganz einfach in den Hosensack.

63

„Glauben Sie im Ernst, dass Sie damit durchkommen? Spätestens im Herbst wird sie in eine Schule müssen und da müssen Sie sie anmelden und da wird dann jeder Depp die Helene Kafka im Zentralen Melderegister finden!", ereiferte ich mich.

„Schauen Sie, ich bin ja eigentlich gelernter Drucker und Setzer und habe noch eine kleine Offsetmaschine draußen in der Garage. Ein älteres Fabrikat, wie man es heute nicht mehr verwendet, aber noch relativ gut in Schuss."

„Na und?", fragte ich.

„Wissen Sie, ich bin noch einer von der alten Garde und eine Geburtsurkunde und ein paar Schulzeugnisse – da gibt es wirklich schwierigere Drucksorten." Leeb lächelte verschmitzt.

„Sie ...?“

„Ich habe Helenes Familiennamen lediglich ein f und ein c hinzugefügt, sie kann ihn sowieso nicht lesen oder schreiben, noch nicht. Außerdem habe ich sie ein paar Tage jünger gemacht – was glauben Sie, wie das so einen Großcomputer verwirrt! Und wenn ich sie bei der Gemeinde dann im Herbst anmelde, wird sie irgendwo aus dem deutschsprachigen Ausland zugezogen sein, aus Bayern vielleicht, meine verwaiste Enkelin aus Bamberg – das Gschichtl lern ich ihr auch noch ein.“

„Sie sind drauf und dran, eine zweite Helene zu schaffen, Pygmalion!“, musste ich neidlos anerkennen.

„Ich weiß zwar nicht, wer Pygmalion ist, aber Sie könnten mit Ihrer Theorie schon Recht haben. Und Kaffcka klingt auch nicht wesentlich schlimmer als Kafka, oder?!“

„I wo, es gibt schlimmere Namen. Gabloner zum Beispiel.“

„Mit ein bisschen Glück kann ich noch ein paar Jahre leben. Hoffentlich lang genug, damit Helene hier in Hinterholz eine zweite Chance bekommt. Und am Land, in der Hauptschule von Karlstetten werden sie ihr schon Lesen und Schreiben und Rechnen und Mores beibringen, da bin ich mir ganz sicher! Ich hab mir nämlich die Schule schon angeschaut, da herrscht ein ordentlicher Zunder!“

Na ja, dachte ich, vielleicht besser eine schwarze Pädagogik als gar keine.

„Was werden Sie also tun?“, fragte Leeb nach einer Weile.

„Auf jeden Fall irgendwann nach Harland zurückfahren."

„Das war ja anzunehmen. Aber was weiter?"

„Ich war nie in Hinterholz. Ich habe es nicht gefunden, es liegt ja auch so versteckt. Auch Sie habe ich nie getroffen, unser Gespräch hier hat nie stattgefunden, Sie verstehen?"

Franz Leeb sagte kein Wort mehr und starrte mich nur an.

Nach einer Weile begannen seine Augen zu glänzen und die Haut über seinen Wangen wurde eine Idee feucht.

„Haben Sie eigentlich schon meinen Eigenbau-Chardonnay probiert?", fragte er unvermittelt.

„Jetzt überraschen Sie mich aber ..."

64

„Wein kann man nicht bewahren, er ist die Vergänglichkeit selbst. Die zähe, sture Kraftanstrengung der Rebe", philosophierte der alte Leeb und schenkte uns beiden aus einer smaragdgrünen Flasche ein, die er zusammen mit zwei Gläsern aus seiner Keusche geholt hatte. Die gefährliche Ausbuchtung in seinem rechten Hosensack war verschwunden. Wir hockten gemeinsam auf der ungehobelten Holzbank und blickten den besonnten Wiesenhügel hinunter.

„Und kein High-Tech-Stahlrohrtank, keine computerberechnete Temperierung, keine önologische Essenz und kein Biogenetiker können das Ergebnis dieser Kraftanstrengung länger als ein paar Jahre am Leben erhalten. Der Wein lebt, der Wein altert, der Wein stirbt. Und die amerikanischen Spinner, die bei Sotheby's um Unsummen verschimmelte Flaschen aus Napoleons Todesjahr oder Beethovens Geburtsjahr ersteigern, kaufen keinen Wein, sondern ein Datum", sinnierte ich und begann die Verkostung mit einer simplen optischen Begutachtung. Der Chardonnay war breit und sämig ins Glas geflossen, da steckte sicherlich einiges an Körper drin. An Farbe erfreute ein helles Pfirsichgelb, das Aroma erinnerte an Honigmelonen und ein bisschen auch an so etwas wie frische Butter auf einem Sandwich.

„Respekt!", sagte ich zu Leeb, der mich gespannt beobachtete.

„Mein Lebtag habe ich mit meinen Händen gearbeitet. Die Weinmacherei ist auch nichts anderes als Händearbeit."

Dann der erste, kleine Schluck unter die Zunge, er offenbarte einen rassigen, fruchtigen Wein, der seine Säure gut zum Ausdruck brachte und im Abgang an den Geschmack grüner Äpfel erinnerte.

„Wow! Wo stehen bloß Ihre Rebstöcke?"

„Ich habe schon vor Jahren eine Lichtung ins Hinterholz geschlagen. Zum Glück ist der Chardonnay ja nicht besonders anspruchsvoll, was den Boden betrifft."

„Außer Kalk ..."

„Hier stehen wir auf einem Granitbuckel."

Es ist jedenfalls eine angenehme Abwechslung, dachte ich, wenn ein Fall mal mit einer Weinprobe endet und nicht mit einer Schlägerei, und beschloss meinen Erfolg einfach zu genießen. Jammerschade, dass ich Gamper diesen Erfolg, ohne die kleine Kafka zu gefährden, nicht in der einen oder anderen Form präsentieren konnte.

„Was glauben Sie, warum hat mich Kommerzialrat Schieder auf die Suche nach einem verschwundenen Kind geschickt?"

„Vielleicht wollte er kurz vor Schluss noch ein paar Gutpunkte sammeln dort oben", Franz Leeb deutete mit dem Weinglas in den hellblauen, wie auf eine Kirchendecke gemalten Himmel, „kann ja nicht schaden. Denn all sein Geld wird ihm nicht viel nützen als arme Seele, nicht einmal einen Anwalt vor dem Jüngsten Gericht bekommt er dafür. Der Rudi war zwar ein Hundianer, aber ein ziemlich katholischer. Jedenfalls zu dem Zeitpunkt, als ich das letzte Mal mit ihm gesprochen habe. Das dürfte so 1949 gewesen sein. Er hat mich verraten und verkauft und an meiner Enkelin versuchte er das wieder gutzumachen."

„Und? Hat er es geschafft?"

Franz Leeb antwortete nicht. Stattdessen schenkte er uns noch einmal ein.

„Wo ist eigentlich die Helene?", fragte ich.

„Stubenarrest. Sie hatte noch irgendwelche Pulver hier heraufgeschleppt und versteckt. Ich habe Tage gebraucht, um das Teufelszeug zu finden. Meine Augen werden auch nicht jünger."

„Wie geht es ihr?"

„Sie hat viel erlebt.“

„Haben Sie eigentlich schon mal daran gedacht, einen Kerl wie diesen Willi totzuschießen?“

„Gedacht schon“, antwortete Franz Leeb und leerte ruhig sein Glas.

„Wissen Sie, dass Sie mich an meinen Großvater erinnern?“, fragte ich unvermittelt.

„Was war er, wenn ich fragen darf?“

„Mit Verlaub, eigentlich genauso ein wilder Hund wie Sie.“

„Vermissen Sie ihn?“

„Jeden Tag.“

65

Das Kind klammerte sich mit all seiner Kraft an mein rechtes Knie und gab kehlige, freudige Laute in einer Sprache ohne Vokale von sich. Es hatte sich wohl an einer Scheunenecke versteckt gehabt, im hohen Gras auf mich gewartet, wahrscheinlich die ganze Zeit. Erst als es den Motor des Granada gehört hatte, war es aus dem Versteck herausgelaufen – auf die Kühlerhaube zu. Ich hatte es im angestrengten Lauf husten gesehen, schrecklich husten, es war aber trotzdem weitergerannt. Bis zu mir.

Gestern noch wäre es im Grunde genommen für die Welt vollkommen egal gewesen, wenn ich mir in einem Anfall von Wahnsinn den Rachen mit Dumdum-Munition weggeblasen oder einem Mercedes die Stirn geboten hätte, heute wäre das nicht einmal mehr denkmöglich, denn heute war ich verantwortlich für diesen kleinen Wurm. Und vor dieser Verantwortung hatte ich ganz schön Spundus! Denn ich war nicht gerade Superman, aber vielleicht wächst man auch mit der Aufgabe.

Erst jetzt kamen Saida und Adib aus der Scheune, aber fast ebenso schnell wie das Kind auf mich zu. Auch sie schrien und lachten vor Freude.

Die werden kein leichtes Leben haben, dachte ich, als illegale Ausländer in Deutschland, dunkelhäutig und arm wie Kirchenmäuse.

„Etwas Besseres als Afghanistan werden wir überall finden", sagte Saida leise. In letzter Zeit schien jeder meine Gedanken lesen zu können.

„Ich bewundere jedenfalls Ihren Mut!", antwortete ich.

Wir fuhren in den Sonnenuntergang und ich stellte mir, weil der Mensch ein bisschen Kitsch braucht, eine riesige Leinwand mit einem pompösen Hollywood-Abspann vor: THE END. Aber in Wirklichkeit war das erst der Anfang.

Yasmina Khadra bei Haymon

MORITURI

2. Auflage, ISBN 3-85218-307-3

DOPPELWEISS

ISBN 3-85218-337-5

HERBST DER CHIMÄREN

2. Auflage, ISBN 3-85218-358-8

Jeder Band 12 x 19 cm, Hardcover mit Schutzumschlag, 160 Seiten

Aus dem Französischen von Regina Keil-Sagawe, Nachworte von Beate Burtscher-Bechter, in *Doppelweiß* ein Interview mit dem Autor

Khadras Krimis um Commissaire Llob schildern die Atmosphäre von Angst, Verzweiflung und hilflosem Aufbegehren im vom Bürgerkrieg zerrissenen Algerien.

„Die Llob-Trilogie veranschaulicht die algerische Tragödie mit ihrem alltäglichen Schrecken und ihren verheerenden Folgen so nachdrücklich, dass man sie nicht ohne Weiteres wieder aus dem Bewusstsein ausblenden kann." (Die Zeit, Katharina Döbler)

„Seine Romane sind eine Mischung aus Sinclair Lewis und Mickey Spillane, brutal, schnell, traurig, aufklärerisch. Etwas Besseres über das Wesen des islamischen Terrors kann man im Moment nicht lesen." (Ultimo)